袅袅的篆烟啊！是古丽的文章，淡写相思的诗句。

你明白了吗？我们是照着客们吃喜酒的一对红蜡烛；我们站在桌子底两斜对角上，悄悄地烧着我们的生命，给他们凑热闹。他们吃完了，我们的生命也烧尽了。

我把这些诗寄给你了，这些字你若不全认识，那也不要紧。你可以用手指轻轻摩着他们，像医生按着病人的脉，你许可以试出他们紧张地跳着，同你心跳底节奏一般。

战也是死，逃也是死，降了我不甘心。

我不敢让灵魂缺着供养

闻一多◎著
史庆书◎编

北京理工大学出版社
BEIJING INSTITUTE OF TECHNOLOGY PRESS

图书在版编目（CIP）数据

我不敢让灵魂缺着供养 / 闻一多著；史庆书编. —北京：北京理工大学出版社, 2018.10

ISBN 978-7-5682-6009-1

Ⅰ. ①我… Ⅱ. ①闻… ②史… Ⅲ. ①书信集－中国－现代 Ⅳ. ①I266.5

中国版本图书馆CIP数据核字（2018）第175244号

出版发行 / 北京理工大学出版社有限责任公司
社　　址 / 北京市海淀区中关村南大街 5 号
邮　　编 / 100081
电　　话 / （010）68914775（总编室）
（010）82562903（教材售后服务热线）
（010）68948351（其他图书服务热线）
网　　址 / http: //www.bitpress.com.cn
经　　销 / 全国各地新华书店
印　　刷 / 三河市金元印装有限公司
开　　本 / 889 毫米 × 1194 毫米　1/32
印　　张 / 7
字　　数 / 126千字
版　　次 / 2018 年 10 月第 1 版　2018 年 10 月第 1 次印刷
定　　价 / 39.80元

责任编辑 / 申玉琴
文案编辑 / 申玉琴
责任校对 / 周瑞红
责任印制 / 边心超

代序

命运织就我们的婚姻之锦

诗人闻一多，年轻时一直憧憬着自由恋爱，但却最终迫于父母的压力走进了包办婚姻，他的妻子叫高孝贞，是闻家远房的姨表亲。虽然极度讨厌这种“父母之命，媒妁之言”，但是他对妻子依然非常负责，帮助高孝贞进入武昌女子职业学校。赴美留学后，闻一多经常写信关心她的学习情况，在信中，他以美国著名女诗人为例鼓励她：“女人并不是不能造大学问、大本事，女人并不弱似男人，外国女人是这样，中国女人何尝不是这样呢？”在与高孝贞的鸿雁传书中，闻一多逐渐产生了同情与共鸣，两人之间迸发了爱情的火花，不久他写下了著名的《红豆》组诗，寄给妻子，表达自己的相思之情。

抗战爆发后，闻一多夫妇被迫分离，但始终通信不断，颠沛流离中，两个人的心贴得反而更近了。本书主要辑录了两人之间的书信，展示了日久生情的甜蜜婚姻生活。

闻一多自幼酷爱读书，聪敏勤奋。1912年，13岁的闻一多考入清华大学前身北京清华留美预备学校。少年闻一多因文采卓然闻名乡里，考入清华后闻家远房表亲高承烈对闻一多欣赏有加，认为他将来肯定有出息，主动来到闻家提出要将女儿高孝贞嫁给闻一多。高家亦是官宦之家，门当户对，亲上加亲，真乃天作之合。

闻一多在清华接受的是美式教育，倡导自由恋爱，对爱情充满了浪漫的渴望和憧憬，除了写了许多爱国诗之外，还写了许多爱情诗。他曾说："严格说来，只有男女间恋爱的情感，是最热烈的情感，所以是最高最真的情感。"清华十年，闻一多积极从事校内的各种文学艺术活动，对自己这门娃娃亲并未多加考虑。

在清华的学习即将结束，闻一多准备赴美留学。1921年年底，父母催他回家结婚的信如晴天霹雳般打在他的头上。几经挣扎，终究不忍违抗父母之命，闻一多在1922年的新年做出了他人生的"一大牺牲"——回到故乡与高孝贞完婚。高孝贞是闻一多的远房表妹，比闻一多小四岁，出身官宦之家，读过私塾，没有裹脚，在学识见闻上虽不能与闻一多比肩，但又不完全等同于深居绣楼的千金小姐，见过一定世面，眼界比较开阔，这在当时已实属难得。然而要让将恋爱视为最高最真情感的闻一多和一个十年前订了娃娃亲，没有一点恋爱基础的女人结婚，他的心里是极端痛苦的。

闻一多对爱情有多渴望，对这段婚姻就有多抵触，婚礼当天他仿佛局外人般，被人生拉硬拽举行了仪式。闷闷不乐的闻一多对新婚妻子极为冷漠，只进书房，不入洞房。

抵触、痛恨、绝望过后，闻一多渐渐冷静下来，他觉得自己对妻子仍有责任。闻一多专门写信给父母，要求送妻子去读书，在他的坚持下，高孝贞进入武昌女子职业学校学习。赴美留学时，闻一多经常写信关心妻子的学习情况，在丈夫的支持与鼓励下，在学校接受新知识、新思想的高孝贞终于明白，自身就是封建礼教压榨的对象。她充分认识到丈夫要她上学的原因，也明白了丈夫顶着多大的压力，让她有这样一个脱胎换骨的机会。有了情感的共鸣，爱情也就悄然而至了。

在见字如面的年代里，在一封一封的书信中，闻一多对妻子的感情发生了微妙的变化，迸发了爱情的火花。远在异国的闻一多曾写下了著名的组诗《红豆》表达对妻子缠绵悱恻的思念。

1925年，闻一多回国到北平国立艺专任教后即把妻子和女儿接来北平。高孝贞性格开朗，尽心尽力把小家照顾得井井有条，男主外，女主内，夫妻恩爱亲密，闲暇时光两人一起读读唐诗，逗逗女儿，生活自有一番乐趣。他曾对好友说，“世上最美好的音乐和享受，莫过于午夜间醒来，静听妻室儿女在自己身旁之轻轻的、均匀的鼾息声。”幸福之情溢于言表。因时局变化，闻一多先后辗转上海、南京、武汉、青岛等地，和妻子时聚时分，直到1932年回到清华才又过上了团聚而安定的日子。随着几个孩子的相继出生，闻一多的家里充满了欢声笑语，一家人常去看电影，逛颐和园，游北海、故宫和动物园，其乐融融。家庭再也不是“一把锁链”，而是温馨的港湾。

卢沟桥的炮声打破了这份宁静，和大多数中国家庭一样，闻一多一家开始了颠沛流离的生活。在分别的日子里，在炮火连天中，夫妻俩靠着一封封书信，传递着对彼此的思念和对家庭的牵挂。

1938年，几经周折闻一多一家终于在云南得以团聚。闻一多没有什么特殊的嗜好，就是喜欢喝茶、抽烟。这期间物价飞涨，闻一多的薪水供养一家人已经捉襟见肘，哪还有余钱买烟。他决心戒烟，高孝贞知道后，坚决不答应。她对丈夫说："你一天那么辛苦劳累，别的没有什么可享受的，就是喝口茶、抽根烟这点嗜好。为什么那么苛苦自己，我不同意，再困难也要把你的烟茶钱省出来。"闻一多过去抽的是纸烟，为了节省开支，就抽用烟叶卷成的卷烟和旱烟，因烟性太烈，抽起来呛得直咳嗽。高孝贞看着心疼，便在农村集市上购买了一些嫩烟叶，喷上酒和糖水，切成烟丝，再滴几滴香油，耐心地在温火上略加干炒，制成一种色美味香的烟丝。闻一多把它装在烟斗里，试抽几口非常满意，赞不绝口，常常美滋滋地向朋友介绍："这是内人亲手为我炮制的，味道相当不错啊！"

在云南的生活十分清苦，曾经十指不沾阳春水的富家小姐高孝贞为了给丈夫和孩子们改善生活，就亲手开垦了一块小园子种蔬菜。为了让餐桌上可以见到荤腥，就带着孩子们去河边捞小鱼、小虾。本来清贫的日子，却被她过出了温馨浪漫的滋味，在艰难的岁月里，闻一多与高孝贞始终相濡以沫，携手相随。

抗战期间，闻一多从著名的诗人、学者，逐步发展成为爱国民主运动奔走呼号的民主斗士，在闻一多的熏陶、感染之下，高孝贞也从他生活上的至亲伴侣，逐渐成为他的同志，他事业最坚定的支持者。当时的许多会议和活动是由闻一多发起的，那时昆明没有公共汽车、私人电话，通知开会都要靠跑腿。闻一多跑不过来，高孝贞就来分担，硬是凭着双腿跑遍了同志们的家。

1946年7月15日上午，在云南大学举行的李公朴殉难经过报告会上，闻一多拍案而起，发表了气壮山河的“最后的讲演”，痛斥特务罪行，并表明自己“前脚跨出大门，后脚就不准备再回来”的决心。当天下午，闻一多就在自己家的巷子口被特务暗杀，年仅47岁。听到枪声后的高孝贞奔出大门，扑向已经倒在血泊中的丈夫，她再也唤不醒自己的爱人。高孝贞怀着万分悲痛的心情，继承了丈夫的遗志，她改名高真，她的家成了中共的秘密联络点。后来她又冒着生命危险带着孩子投身解放区，他未完成的事业，她要替他做下去。

闻一多曾说，“一个人要善于培植感情，无论是夫妇、兄弟、朋友、子女，经过曲折的人生培养出来的感情，才是永远回味无穷的。”这也是他对自己的婚姻和爱情的亲身体会。闻一多与高孝贞的爱情没有一见钟情的开始，他们在颠沛流离中互相搀扶，在艰难困苦中相濡以沫，在战火纷飞中不离不弃，他们的爱情在曲折的生活中分外浪漫，好似一坛美酒在岁月中酝酿出醉人的醇香。

编辑说明

本书收入的诸信，会造成读者理解有歧义，或理解困难的内容，用脚注来说明。

本着尊重原著的宗旨，对于不会造成读者理解障碍的字词，以原信件当年通行的字词用法为准，不作改动。

本书编校参考了多种版本的同类书籍，针对个别地方，不同版本图书说法不一的，编辑根据语境判断选择。

目 录

第一章
致爱妻

第三章
命运织就了我们的婚姻之锦

第一章
致爱妻

1937年6月，高孝贞携两个大儿子回湖北探望久别的母亲，闻一多带着三个小儿女留在北平。7月7日卢沟桥炮声一响，把他们一家分隔两地。高孝贞很着急，一封接一封的加急电报，催丈夫即刻带孩子们回武汉。闻一多在北平也焦急万分，平汉路已不通，只能辗转走别的路线，兵荒马乱，自己又带着三个孩子，路途艰难，危险重重，令人担忧。如果不走，一旦北平沦于日寇之手，后果不堪设想。在举棋不定，心乱如麻的时候，他拿起笔来给妻子写信，倾吐在危难时刻对妻子的思念和牵挂："亲爱的，我不怕死，只要我俩死在一起。"闻一多在结婚前曾抱怨："家庭是一把铁链，捆着我的手，捆着我的脚，捆着我的喉咙，还捆着我的脑筋；我不把他摆脱了，撞碎了，我将永远没有自由，永远没有生命！"令闻一多没想到的是，捆住的不是他的手脚却是他的心。他的心早已和妻子紧紧捆在了一起，婚姻已经从开始的让他感觉"永远没有生命"，变成了生死相随的挚爱。信发出后不久，闻一多便毅然带着三个孩子经津浦路赶回武昌。

卢沟桥事变后，清华、北大、南开都迁至长沙，共同组成长沙临时大学。临大开学仅两个多月，战局急剧恶化，三校又奉命远迁昆明，组成西南联合大学，闻一多应清华大学校长梅贻琦之邀随校南渡。闻一多利用寒假从长沙返回浠水老家安排有关事宜。途经武昌时，老友顾毓琇来访，邀请他参加正在组建的战时教育问题研究委员会工作。闻一多认为这是做官，不符合自己的兴趣，断然谢绝了。回到浠水说起这件事，高孝贞非常生气。她希望丈夫接受这项工作，可以在汉口留下来，和她一起照顾家庭。烽烟四起，战火纷飞，谁不想一家人守在一起，可闻一多偏偏要舍近求远随西南联大迁往云南。万一日本鬼子打来，兵荒马乱，她一个女人带着五个孩子怎么办？高孝贞反复恳求丈夫留下来，但闻一多横下一条心，就是不答应。高孝贞一向贤良淑德，凡事总为丈夫着想，这次是动了真气，闷着头流眼泪，饭也不吃，话也不说，甚至闻一多启程回长沙那天夜里，都没有起床与丈夫告别。闻一多走后，高孝贞一个月也没有给他写信，不仅自己不写还不让孩子们写。

“烽火连三月，家书抵万金”，苦苦等待回信的闻一多慌了神，心中既有对妻子的无限思念和牵挂，又嗔怒妻子“何以此次狠心至此”。这一封信怨艾中包含着丈夫对妻子的爱之切与情之深。在信的末尾，还赌气道：“不然，你就当我已经死了，以后也永远不必写信来。”

高孝贞接到丈夫“以死相逼”的信后，理解了丈夫的苦衷和难处，更理解他对自己和家庭的牵挂。连忙拿起笔来给丈夫回信，也让孩子们一起给远方的爸爸写信。

连日奔波劳顿，刚到昆明的闻一多看到妻子和孩子的信，满身疲惫顷刻便烟消云散。“到此，果有你们的信四封之多，三千余里之辛苦，得此犒赏，余愿足矣！”他握着妻子的信如获至宝、欣喜若狂，过了许久才平静下来，然后提笔给妻子回信。闻一多在信里像话家常一样，对妻子诉说了自己在云南的情况，盼望早日和妻子团聚。经过这次的波折，他们彼此更增添了理解和尊重。在与妻子分别的日子里，两个人就是靠着一封一封的书信传递着对彼此的思念和牵挂。

大家在一起，我也心安

（一九三七年七月十五日）

贞：

如果你们未走，纵然危险，大家在一起，我也心安。现在时常想着你在挂念我们，我也不安了，我早已想起搬到乾面胡同一层，但安全得了多少，也是问题。今夫已找勋侄来，托打听旅行手续。同时将应用衣服，清理一下，放在箱里，作一准备。现在只有津浦一路可通，听说联运可以从北平直到汉口（续讯此点不确），这倒也方便。……方才彭丽天来说他也要回家，我已约他与我们同行，这来，路上有一帮忙的人，使我放心点。不然，我自己出门的本事本不大高明，再带三个小孩，一个老妈，我几乎无此勇气。好了，现在计划是有了，要走，三天内一定动身，再过四五天就可到家。不过，最好时局能好转，你们能短期内回北平。万一时局三天之内更恶化了，那就根本走不动。不过照目下情势看来，多半不至如此。写到此处，又有人来电话报告，消息确乎和缓了，为“家”设想，倒也罢，虽然为“国”设想，恐非幸事。来电所拟办法，大司夫与赵妈都同意了。戚焕章与吴妈大起恐慌。我答应他们：我走以后，在名义上仍旧算雇他们，并且多给一月工资，反正时局在一个月内必见分晓，如果太平，一月内我们必回来，否则发生大战，大家和天倒，一切都谈不到了。这样他们二人也很满意。这一星期内，可真难为了我！在家里做老爷，又做太太，做父亲，还要做母亲。小弟闭口不言，只时来我身边亲亲，大妹就毫不客气，心直口快，小小妹到夜里就发脾气，你知道她心里有事，只口不会说罢了！家里既然如此，再加上耳边时来一阵炮声，飞机声，提醒你多少你不敢想的事，令你作文章没有心思，看书也没有心思，拔草也没有心思，只好满处找人打听消息，结果你一嘴，我一嘴，好消息和坏消息抵消了，等于没有打听。够了，我的牢骚发完了，只盼望平汉一通车，你们就上车，叫我好早些卸下作母亲的责任。你不晓得男人作起母亲来，比女人的心还要软。写到这里，立勋又来电话，消息与前面又相反了。这正证实我所谓消息与消息相抵的事实。于是又作走的打算了。碰巧孙作云来了。你知道他是东北人，如果事态扩大，他是无家可归的。我忽然想到何不约他到我家来，我向他提出这意思，他颇为之心动。这一来路上又多一伴，我更可以放心了。立勋明天再来，他个人不愿走，明天再劝劝他。鉴恕二人因受训未完，恐不能马上就走，我已嘱立勋明天上西苑去打听。万一他们能早走，那就更好。总之，我十分知道局势的严重，自然要相机行事，你放心好了！

多

七月十五灯下

（根据手书刊印）

我在想你，我亲爱的妻

（一九三七年七月十六日、十七日）

亲爱的妻：

这时他们都出去了，我一人在屋里，静极了，静极了，我在想你，我亲爱的妻。我不晓得我是这样无用的人，你一去了，我就如同落了魂一样。我什么也不能做。前回我骂一个学生为恋爱问题读书不努力，今天才知道我自己也一样。这几天忧国忧家，然而心里最不快的，是你不在我身边。亲爱的，我不怕死，只要我俩死在一起。我的心肝，我亲爱的妹妹，你在那里？从此我再不放你离开我一天，我的肉，我的心肝！你一哥在想你，想得要死！

亲爱的：午睡醒来，我又在想你。时局确乎要平靖[①]下来，我现在一心一意盼望你回来，我的心这时安静了好多。

十六日

妹，今天早晨起来拔了半天草，心里想到等你回来看着高兴。荷花也放了苞，大概也要等你回来开。一切都是为你！

十七日早

① 正确写法应为“静”。

小小妹病好否，甚念

（一九三七年十月二十三日）

贞：

我于当晚十一时半抵此。此间真正上课，恐还有两星期。居处极不方便，而茶水尤然。小小妹病好否，甚念。明日因当往清华新校址，须起早，故今夜须早睡。此处详情，俟明晚归来再写信详谈。嘱鹤雕用心读书，小弟大妹放乖些。小小妹病情如何，如须再延医，务必再延。一切转托训侄代劳照料，盖彼于情形较熟也。九月份薪金可发七成，前校方寄去一百五十元收到否？盼覆

多

廿三夜分

这里并不像你们想得那样享福

（一九三七年十月二十六日）

贞：

出门快一星期了，尚未接家信，这是什么道理？若不是小小妹病使我担心，有没有信倒无关系。明信片上我已经写好了住址，只要填上几句话就行了。何以忙到这样？鹤雕两人就忘记我了吗？到这里来，并不像你们想的那样享福。早上起来，一毛钱一顿的早饭，是几碗冷稀饭，午饭晚饭都是两毛一顿，名曰两菜一汤，实只水煮盐拌的冰冰冷的白菜萝卜之类，其中加几片肉就算一个荤。加上这样一日三餐是在大食堂里吃的，所以开饭时间一过了，就没有吃的。先来的人们自己组织了一个小厨房，吃得当然好点，但现在人数已满，我来迟了，加入不了。至于茶水更不必提了。公共的地方预备了几瓶开水，一壶粗茶，渴了就对一点灌一杯，但常常不是没有开水就是没有茶。自己未尝不想买一个茶壶和热水瓶，但买来了也没有用，因为并没有人给你送开水来。再过一星期（十一月三日）还到衡山上去。到那里情形或者好一点，因为那边人数少些，一切当然容易弄得有秩序点。但是也难说。我述了这种情形并非诉苦，因为来到这里，饭量并未减少，并且这样度着国难的日子于良心甚安。听说南开大学校长张伯苓先生还自己洗手巾袜子，我也在照办。讲到袜子，那双旧的，你为什么不给我补补再放进箱子里？我自己洗袜子是会的，补却不会。鉴恕二人来否？历史系上衡山否，现尚未定。上衡山的一部分，恐怕要十一月半后才能上课，学校的钱寄到否？寄北平的款退回否？小小妹病究竟如何，我日夜挂念。鹤雕能写信，小弟大妹也能画图画写字，何不寄点来给我看看？

九月份薪金今日又领到九十七元四角五。

多

十月廿六日

小小妹可取名为“湘”

（一九三七年十月二十七日）

贞：

鉴恕二人已到，据他们所谈，及带来买药账单，知小小妹病不甚轻。现在不知如何？医药费不可过爱惜，当用时就用。千万千万！实在情形当随时写信告我，不可隐瞒。如有必要，我可回来一次。鹤儿的药，医生教吃多少就吃多少，也不要大意。好在这回发薪。比我们预算的多，你用钱不必过省，因为究竟身体要紧。小小妹未取名，可名叫“湘”，以纪念我这次离开，特别想念她。

多

十月廿七日

我现在哀求你速来一信

（一九三七年十一月一日）

贞：

除由恕侄带一信来外，我到此从未接到一信，这未免太残忍了吗？湘女病状如何，我实在担心。不是为省钱起见，我定已回来了一趟。我现在哀求你速来一信。请你可怜我的心并非铁打的。这里今天已上课，但文学院同人要后天才搬到南岳，一星期后才上课，听说山上很冷，皮袍请仍旧取出，上次信上忘记说。长沙住家并不很贵。我想开春你们还是到这里来吧。上次领到的薪水，后来才知道有五十元是十月份的。薪水本可以领到七成，合得实数二百八十元，但九、十两月扣救国公债四十元，所以只能得二百四十元。现在我手头有二十余元，银行存八十元。

来信寄湖南南岳市临时大学。

多

十一月一日

我设法早些接你们来长沙

（一九三七年十一月二日）

贞：

早上写好一明信片，还未发出，下午接到你和雕儿的信，还有小弟大妹的字画，我很高兴。鹤儿无信来，想必还未起床，现在究竟怎样，盼详详细细告诉我，不要一味的只说痊愈。小妹呢？究竟好到什么程度，中间详细经过如何，也务必告诉我，请大舅写一信来亦可。你们都不会写信，真把我急死了。你看我几次回信是如何写的。家中一切的事，不管大小，或是你们心里想的事，都可以告诉我，愈详细愈好。鹤儿不能起来，他心里想些什么，可以叫他说，由你或雕儿写下来。你叫他们兄妹四人放乖些，不必常常想我。等我到南岳去后，看看情形，设法早些接你们来长沙。我最怕他们生病，别的都没有大关系。前回说改吃机器水，不知已照办否。他们这样生病，水的关系当然很大。至于饮食也不必太省了。病后的当吃什么补品，就吃罢，不要惜钱。细叔前回所说的鱼肝油精，可买来试试。补品中最好的莫过于此。明天上南岳，现在要清理东西。等到了那边，再有信来。毛衣不必打，可做件丝棉短袄寄来。你自己也要保卫身体。

仁弟谋得什么事，月薪若干？

多

十一月二日

你常常写信来，我就快乐

（一九三七年十一月八日）

贞：

本应到这里就写信给你，现在过了好几天才动笔，根本原因还是懒，请你原谅。原来希望到南岳来，饮食可以好点，谁知道比长沙还不如。还是一天喝不到一次真正的开茶。至于饭菜，真是出生以来没有尝过的，饭里满是沙，肉是臭的，蔬菜大半是奇奇怪怪的树根草叶一类的东西。一桌八个人共吃四个荷包蛋，而且不是每天都有的。记得在家时，你常说我到长沙吃好的，你不知道比起我来，你们在家里的人是天天过年！不过还有一线希望。现在是包饭，将来打算换个厨子，由我们自己管账，或者要好点。今天和孙国华（清华同事，住北院）上街，共吃了廿个饺子，一盘炒鸡蛋，一碗豆腐汤，总算开了荤。至于住的地方，是在衡山上的一所洋房子，但这房子是外国人夏天避暑住的，冬天则从无人住过。前晚起风，我通夜未睡着。有的房间，窗子吹掉了，阳台上的栏杆吹歪了。湖南一年四季下雨（所以湖南出雨伞），而这山上的雨尤多。我们到这里快一个星期了，今天才看见太阳。总之，我们这里并不享福。我吃苦是不怕的，只要你们在家里都平安，并且你常常写信来，我就快乐。据说这里冬天很冷，皮袍非要不可，请你仍然把当取出，早些做成，和丝棉短袄一并寄来。鹤儿小妹身体恢复否？念念。

多

十一月八日

薪水一俟发下，定即寄归

（一九三七年十一月十六日）

贞：

两次信均已收到。十月份经费据说已来，但薪水尚未发下。一俟发下，定即寄归。我手中亦只有十余元。在长沙大陆银行存了五十元，不拟挪用，并且这里离长沙太远，也无法取出。细叔钱，如薪水不拖欠，每月定至少还二十元，请你转告他。如果能多还点，我也想早些还清，大司夫处所存箱内有何急需之物，如有，可汇款去，令他寄归。如无急用之物，可暂不寄。金城银行所存五十元，想未取出。最好不要动用，以备万一。鹤湘二人病愈，我甚快乐，但雕功课不及格，则又令我忧愁。你务必时时劝诫他要用心些。你脚痛，想系过于劳苦。但多穿点衣服，想必有好处，因为热天未痛而冷天痛，必与受凉有关系。我年假当然要回来。我这里一切都好，饮食近也改良了。自公超来，天天也有热茶喝，因他有一个洋油炉子。名女耳痛好否？劝雕用心，朋名放乖些，鹤多晒太阳。

多

十一月十六日

我们后天（十八）开始上课。

你脚痛现在好了没有

（一九三七年十一月二十七日）

贞：

丝棉袄已收到，但送来时，包袱上破一窟窿，衣服也破一块，不知是老鼠啮的，还是被什么东西戳破的。叫人打一补绽，化了我五分钱。上星期寄来的十块钱，想已收到。这里薪水还未领到。据说本月底金城银行要来设办事处。本来即令薪水领到，没有银行，还是无法兑现的。你脚痛现在好了没有？孩子们都好否？你前次来信提到为大舅谋事，这事本来常常在我心上，到长沙后我也留心过，但现在尚无机会。为目前计，孝仁既已有事，又减轻一份担负，他们月费不够，你可以斟酌增加一点。只要清华薪水能继续发七成，就仍然给他们二十元，亦无不可。校中有一星期的寒假，将来我定再请假一星期，回来看你们。

多

二十七日

刚把信封好，你廿一日的快信送到了。丝棉袄很暖，皮衣我想可以不要。万一太冷，穿大衣就行了。国民政府迁重庆，我就想到武昌不是很安全的地方，省寓或要迁回乡去。如果他们都搬，你当然也搬。不过目下我想还不要紧，回乡过年，或是一个办法。我胃病有好久未发，这两天又差一点，恐系坐得太夜的缘故。鹤儿上次一信写得甚好，我给[①]里的朋友看，都夸奖。稿子是否有人改过。叫他多写信来。快信太贵，以后可用平信或平快。

又及

① “给”字后宜加一个“这”字。

知彼等念我，令我心酸

（一九三七年十二月十五日）

贞：

汇来百元，想已收到。不知目下已动身回乡否？如船只方便总以早去为妙。顷又由金城汇来百元，交父亲支配。所欠细叔之款，暂时可勿还。在此时候，只求大家能生存，不必算私帐也。汝此次所收到之百元，除开消外，尚余若干，望即告我。回乡后，日用应可减少，手中之钱，务当撙节为要。因以后学校移桂林，汇款更费时日，且亦未必随时有款可汇也。本拟寒假回家行，现又往桂林移，将来能否案[1]时回来，殊成问题。鹤儿来函云彼等如何念我，读之令我心酸，惟此次之信又较前进步，不但词能达意，且甚有曲折，又使我转悲为喜也。回乡后，务令鹤雕等严格做功课。雕儿玩心大，且脾气乖张，但决非废材，务当遇事劝导，不可怒骂。对朋儿名女，亦当如此。我不在家，教育儿女之责任便在你身上，千万不可大意也。我们往桂林去，实已到安全地带，汝辈更可放心。迁桂林日期现尚未定，届时当另有信来。清华职员张健夫回武昌，托他带回书箱一只，望带回乡下妥

① 正确应为“按”字。

为保存，内有金文甲骨文书各一部，均甚贵重，又有一部分手稿，更无价值可言也。大舅家门牌号数，望速告我，以便汇款。顺问 安好

多

十二月十五日早

我拟先回家一看

（一九三七年十二月）

贞：

前次告诉你们搬桂林的消息，使你和儿辈失望。今天再告诉你们一个搬近了的消息，你们应该高兴了。如果搬到长沙，再加上战事不太紧急，我拟先回家一看，同人们请假的颇多，所以我这时请一二星期的假，实际上也无大关系。这次所开两门功课，听讲的人数甚多，似乎是此间最大的班，我讲得也很起劲，可惜大局不定，学生不能真正安心听受耳。再报告你一件大事。纸烟寻常一天吃两包，现在改为两天吃一包。现在做到这一步，已经很不容易了，将来或者能完全戒断，等将来再说罢。十八日与二十日两信均已收到，我并不生气。但我仍旧是那一句话“用钱要力求撙节”。我并非空说，我戒烟便是以身作则。即使你已经撙节了，我再说一句“应当撙节”，那也无妨。我说这话也没有别的用意。你脚痛好些没有？如果家中有人做棉鞋，可着手做一双，以免我在市上花钱买。此间尚不冷，我目前仍穿单鞋。

多

劝赵妈安心，此刻回北平是不可能的，在这年头先求保性命，次求不饿死，其他一切都顾不到，等仗打完，大家[①]出头了。

① "家"字后宜补一个"就"字。

男人事业心重，你得原谅

（一九三八年一月下旬）

贞：

此次不就教育部事，恐又与你的意见……我们男人的事业心重，往往如此，你得原谅，你所需茶叶等物已托三哥购就带回，大司夫钱已汇去。此刻甚忙，至长沙再详细谈。

多

家中一切，务照余所吩咐

（一九三八年一月三十日）

贞：

昨晚到此，始知同人已有数批出发了。我即须照相，以备护照之用。其他琐事甚多，幸而未在家中过年，不然将来不及矣。学生将由公路步行入滇，教职员均取道香港、海防去。校中津贴六十余元，但有多人将此款捐助寒苦学生作津贴，此事系公超发起，我将来恐亦不得不捐出，如此则路费须自己担负矣。又同人乘二等车者居多，因二等可包专车（每车二十四人），三等人数过多，不能包用。我因结伴关系，或亦将乘二等，如此则用费又须超出。校中派有专人在香港，海防招待旅行事务，香港派公超，海防派陈福田，陈已启程，公超二月三日去。一月份薪水已发，日内即去领取。三哥想已到家，信纸信封忘记买，可再托三哥买，随后由人带回。家中一切，务照余所吩咐，自明年元旦起，务当记账。儿辈饮居寒暑，切勿大意。俟动身日期决定后，再有信来，顺候

安好

多

一月三十日

千辛万苦，只为你我和你我的儿女

（一九三八年二月十五日）

贞：

此次出门来，本不同平常，你们一切都时时在我挂念之中，因此盼望家信之切，自亦与平常不同。然而除三哥为立恕的事，来过两封信外，离家将近一月，未接家中一字。这是什么缘故？出门以前，曾经跟你说过许多话，你难道还没有了解我的苦衷吗？出这样的远门，谁情愿，尤其在这种时候？一个男人在外边奔走，千辛万苦，不外是名与利。名也许是我个人的事，但名是我已经有了的，并且在家里反正有书可读，所以在家里并不妨害我得名。这回出来唯一目的，当然为的是利。讲到利，却不是我个人的事，而是为你我，和你我的儿女。何况所谓利，也并不是什么分外的利，只是求将来得一温饱，和儿女的教育费而已。这道理很简单，如果你还不了解我，那也太不近人情了！这里清华北大南开三个学校的教职员，不下数百人，谁不抛开妻子跟着学校跑？连以前打算离校，或已经离校了的，现在也回来一齐去了。你或者怪了我没有就汉口的事，但是我一生不愿做官，也实在不是做官的人，你不应勉强一个人做他不能做不愿做的事。我不知道这封信写给你，有用没有。如果你真是不能回心转意，我又有什么办法？儿女们又小，他们不懂，我有苦向谁诉去？那天动身的时候，他们都睡着了，我想如果不叫醒他们，说我走了，恐怕第二天他们起来，不看见我，心里失望，所以我把他们一个个叫醒，跟他说我走了，叫他再睡。但是叫到小弟，话没有说完，喉咙管硬了，说不出来，所以大妹我没有叫，实在是不能叫。本来还想嘱咐赵妈几句，索性也不说了。我到母亲那里去的时候，不记得说了些什么话，我难过极了。出了一生的门，现在更不是小孩子，然而一上轿子，我就哭了。母亲这大年纪，披着衣裳坐在床边，父亲和驷弟半夜三更送我出大门，那时你不知道是在睡觉呢还是生气。现在这样久了，自己没有一封信来，也没有叫鹤雕随便画几个字来。我也常想到，四十岁的人，何以这样心软。但是出门的人盼望家信，你能说是过分吗？到昆明须四十余日，那么这四十余日中是无法接到你的信的。如果你马上就发信到昆明，那样我一到昆明，就可以看到你的信。不然，你就当我已经死了，以后也永远不必写信来。

多

二月十五日

一切并不像当初所想象的那样苦

（一九三八年四月三十日）

贞：

四月二十八日抵昆明，看到你和鹤雕两儿三月三日的信，你信上说以前还写过三封信来，但我没有接到。据说有的邮件已转到蒙自去了，你那三封信或者到蒙自可以看到。我们自从二月二十日从长沙出发，四月二十八日到昆明，总共在途中六十八天，除沿途休息及因天气阻滞外，实际步行了四十多天。全团师生及伙夫共三百余人，中途因病或职务关系退出团体，先行搭车到昆明者四十余人，我不在其中。教授五人中有二人中途退出，黄子坚因职务关系先到昆明，途中并时时坐车，袁希渊则因走不动，也坐了许多次的车，始终步行者只李继侗曾昭抡和我三人而已。我们到了昆明后，自然人人惊讶并表示钦佩。杨今甫在长沙时曾对人说，“一多加入旅行团，应该带一具棺材走”，这次我到昆明，见到今甫，就对他说“假使这次我真带了棺材，现在就可以送给你了”，于是彼此大笑一场。途中许多人因些小毛病常常找医生，吃药，我也一次没有。现在我可以很高兴的告诉你，我的身体实在不坏，经过了这次锻炼以后，自然是更好了。现在是满面红光，能吃能睡，走起路来，举步如飞，更不必说了。途中苦虽苦，但并不象当初所想象的那样苦。第一，沿途东西便宜，每人每天四毛钱的伙食，能吃得很好。打地铺睡觉，走紧了之后也一样睡着，臭虫、革[①]蚤、虱实在不少，但我不很怕。一天走六十里路不算么事，若过了六十里，有时八九十里，有时甚至多到百里，那就不免叫苦了，但是也居然走到了。至于沿途所看到的风景之美丽、奇险，各种的花木鸟兽，各种样式的房屋器具，和各种装束的人，真是叫我从何说起！途中做日记的人甚多，我却一个字还没有写。十几年没画图画，这回却又打动了兴趣，画了五十几张写生画。打算将来做一篇序，叙述全程的印象，一起印出来作一纪念。画集印出后，我一定先给你们寄回几本。还有一件东西，不久你就会见到，那就是我旅行时的相片。你将来不要笑，因为我已经长了一副极漂亮的胡须。这次临大搬到昆明，搬出好几个胡子，但大家都说只我与冯芝生的最美。

文法两院五月三日开始上课，理工两院或许在两星期后，因为房屋尚未修理好。我在昆明顶多还有三天耽搁。从这里到蒙自，快车一日可到，但不能带行李。我因有行李，须坐慢车，在途中一个地方名壁虱寨住一夜，次日始能达到。所以五日后可以再有信回。

旅行团到的第二天，正碰着清华二十七周年纪念，到会者将近千人，令人忧喜交集。据梅校长报告，清华经费本能十足领到，只因北大南开只能领到六成，所以我们也不能不按六成开支（薪金按七成发给）。我们在路上两个多月，到这里本应领得

① 应为“蛇”字。

二、三、四三个月薪金，共八百余元。但目下全校都只领到二月一个月的薪金。听说三、四两月不成问题，迟早是要补足的。

你这封信里未详说家中种种情形，不知是否在那封信里已经说过。我最挂念的是鹤雕二人读书的情形，来信务须详细说明。两儿写信都有进步，我很喜欢。鹤喜作诗，将来能象他父亲，这更叫做父亲的说不出的快乐，小弟大妹读书如何？小小妹没有病痛吗？雕的耳朵好了否？这些我最关心的事，为何信上都不提？你自己的身体当然我也时时在念。路上做梦总是和你吵嘴，不知道这梦要做到何年何月为止！

昆明很象北京，令人起无限感慨。熊迪之去年到这里做云南大学校长，你是知道的。昨天碰见熊太太，她特别问起你。许多清华园里的人，见我便问大妹。鹤雕两人应记得毛应斗先生，他这回是同我们步行来的。这人极好，我也极喜欢他。

今天报载我们又打了胜仗，收复了郯城。武汉击落敌机廿一架，尤令人奋兴。这样下去，我们回北平的日子或许真不远了。告诉赵妈不要着急，一切都耐烦些。她若写信给大司夫，叫她提一笔说我问过他。

你目下经济情形如何？每月平均要开支多少，手中还剩多少？日子固然不会过得太好，但也不必太苦。我只要你们知道苦楚，但目下尚不必过于刻苦，以致影响到小儿们身体的发育。大舅在何处，他家情况如何，盼告我。

以后来信寄“云南蒙自国立西南联合大学”。

多

四月卅日在昆明

你说每星期写一信来，使我喜出望外

（一九三八年五月五日）

贞：

在昆明所发航空信想已收到。我们五月三日启程来蒙自，当日在开远往宿（前信说在壁虱寨，错误），次日至壁虱寨（地图或称碧色寨）换车，行半小时，即抵蒙自。到此，果有你们的信四封之多，三千余里之辛苦，得此犒赏，于愿足矣！你说以后每星期写一信来，更使我喜出望外。希望你不失信。如果你每星期真有一封信来，我发誓也每星期回你一封。在先总以为蒙自地方甚大，到此大失所望。数十年前，蒙自本是云南省内第一个繁荣的城市。但当法国人修滇越铁路的时候，愚蠢的蒙自人不知为何誓死反对他通过。于是铁路绕道由壁虱寨经过，于是蒙自的商务都被开远与昆明占去，而自己渐渐变为一个死城了。到如今，这里没有一家饭馆，没有澡堂，文具店里没有糨糊与拍纸簿，广货店里没有帐子。这都是我到此后急于需要的东西，而发现他都没有。然而有些现象又非常奇怪。这里有的是大洋楼，例如法国海关，法国医院，歌胪士洋行等等，都是关着门没有人住的高楼大厦，现在都以每年三两元的租金租给联合大学作校舍了。自从蒙自觉悟当初反对铁路通过之失策，于是中国自己筑了一条轻便铁道，从壁虱寨经过蒙自与个旧，以至石（屏），名曰壁个石铁路（我们从壁虱寨换车来到蒙自，便是这条铁路），但是蒙自觉悟太晚了，它的繁荣仍旧无法挽回。直到今天，三百多学生，几十个教职员，因国难关系，逃到这里来讲学，总算给蒙自一阵意外的热闹，可惜这局面是暂时的，而且对于蒙自的补益也有限。总之，蒙自地方很小，生活很简单。因为有些东西本地人用不着，我们却不能不用的，这些东西都是外来的，价钱特别贵，所以我们初到此需要一笔颇大的“开办费”。但这些东西办够了，以后恐怕就有钱无处用了，归根的讲，我们住蒙自还是比住昆明省。

前天经过开远的时候，遇见殷先生全家新从海道来，往昆明去。殷太太当然问起你，殷益（？）蕃（？）和他们大妹望着我笑，虽然没有说话，但我明白他们心里是在说“闻立鹤闻立雕呢”？余肇池先生现在就住在我隔壁，余太太和他们全家住在昆明，大概不搬到蒙自来，反正蒙自到昆明，快车只一天路程。张荫麟在昆明，他太太住在香港，暂时不来。汪一彪在昆明，太太快来了。此外一时想不起，就住在我隔壁房间的讲，陈寅恪浦薛凤沈乃正家眷都未来。但也有租好房子，打算接家眷的，如朱佩弦王化成等是也，问你安好。

多

五月五日

你们的行止务必随时来信告我

（一九三八年五月七日）

贞：

上星期写信给你和文鉴，叫你们和他一同到云南来，这信想已收到。昨天接你的信果然不出我料，家中有全家迁松滋之议。你当然应该时时跟我通信，告诉我一切情形，以便取得联络。迁松滋我甚赞成，细叔主张早走，尤其是对的，人多，在松滋当然不便，到了那里，仍然要疏散。例如你们和细叔一房，可再往重庆，转贵阳来云南，细叔的事现有九成希望，详见另函。我所以赞成你们到松滋的缘故是，第一，粤汉路不好走，广州炸得利害。第二，香港海防人地生疏，语言又不通，甚不方便。第三，在松滋可暂住下，候船往重庆，沿途可以休息，且有熟人可照顾。你们务必即速上省，或者已经走了也未可知。好在我已将款子（三百元）寄往武昌，目下应已寄到。姐姐、九姐有何计划？姐姐以往松滋为宜，将来文鉴立珠仍当来滇，庶可一劳永逸。你们的行止务必随时来信告我。

多

五月七日

学校八月放暑假，你们最好先在松滋暂住，一可休息，二可候到八月再行，如有必要，我可到贵阳来接，三则可免暑天旅行之苦，闻重庆奇热，恐你身体不支也。

又及

只悔当初未能下决心带你们出来

（一九三八年五月二十六日）

贞：

这几天战事消息不好，武汉不免受影响。乡里情形如何，颇令人担心，万一有移动的必要，你们母子一窠实是家中之大累，想至此，只悔当初未能下决心带你们出来。日来正为此事踌躇，同事们也都劝我接你们来，所苦者只有两事不易解决，一、我自己不能分身，而家中又无人送你们；二、你们全来，盘费太大。今天接到文鉴来信，其意甚愿来滇复学，万一决定来，你们可以同他一路走，我只须到香港或海防来接你们，既可省点路费，又不多费时间，岂不甚好。至于你们的路费，我计算起来，少则五百元，多则六百，数目实在可观。然而为求安全起见，又有什么办法呢。并且鹤雕在家不能入学校，长此下去，也不是办法。在家固可学点中文，然而算术究竟是最要紧的。他们多耽搁一年光阴，就给我们多加一年的担负，从远处着想，这事实在非同小可。战事非短时可以结束，学校在昆明已有较长久的打算，筹好了三十万建新校舍，内中并有教员住宅。本来俟校舍完成后（约一年半），我是想接你们来的，现在乘文鉴来滇之便，你们若能早来，实在最好，因为路费早晚是要花的，而鹤雕的学业又可以少耽误。好在我手头还有四百五十元存款，再从朋友处通挪一点，可以凑足这笔路费。同时四月份薪金不久总可以发下，可作到后生活费之用。学校经费情形并不算坏，已详前函。你们来后，我与你们吃点苦，断炊是不至于的。现在同事们的家眷南来者日多一日（最近新到一批，有朱佩弦、孙晓梦、王化成，冯芝生、袁希渊诸太太），学校决不能让这些人饿死在这里。再者昆明地方生活程度不高，蒙自尤可简省。气候之佳，自不待言。此间雇人不甚容易，所以赵妈同来顶好，许多太太想由北方带用人来而不可得，赵妈能来，倒是我们的幸事。我想你们不必犹疑，只要得到文鉴同意，就可马上准备。办护照是一件麻频事，应早上省照像。请护照事，可请十哥在外交部托一熟人，或可稍快点。路费我立刻用航空信汇至武昌，款到即可买车（票）南下，恐时局变化，路又不通也。为节省计，我想我就到海防来接，我住天然旅店，你们到后可来电告我，其余途中应注意诸事列下：

1.由汉口至广州，带食品，出发前打电至蒙自，如遇飞机起日期不远，寄航空信亦可。坐三等，如天气太热，可买一、二张二等。

2.到广州住白宫酒家，系陈梦家亲戚所开，有介绍信，住一夜。

3.乘广九车至九龙，如新新旅馆（在九龙）或六国饭店（在香港）有接客者，即住新新或六国（内中新新尤好），如无接客者，可暂住有接客之旅馆，同时往新新或六国觅就房间（新新若无房间，客厅亦可住）再行搬往。（九龙与香港对江，有轮渡）（住九龙较贱）

4.到香港中国旅行社买票，行李交社运送上船。太古船较多，船亦较大，但须行五日始到海防。法国邮船每十日一班，船小，然二日可达。晕船事不免，故法国船先到即乘法国船，如须等候太久，即坐太古船。因如此可省却旅馆费用也。

上船前，电海防天然旅店，告我坐何船、何日动身、计几日可到。船可坐三等，大舱太苦，于小孩不宜。

5.不急需之衣服，尽量打包寄蒙自，以免途中累赘。

6.北平寄到之书，仍交邮局寄来。

7.粤汉车最好赶孝义走班时来。

顷忽想起去岁毕业学生张秉新君现在香港华侨中学教书，我现已写就一信，你们到广州后，可另附一信（说明何时到九龙）用最迅速方法寄去，请他来接。如他能来最好，如未来，则仍照上列第三项办。张君如未来接，你们到香港后，仍可请文鉴前往一访，关于买票上船等事，彼必能帮忙。（万一时局不太紧张，稍迟俟秋凉再动身，于孩子们身体较宜，可斟酌行之）

以上尽能想到的都已写过了，不能说不周密了，途中自然相当麻烦，但若拿出我步行三千里路的精神来，也就不算一回事了。决定后，盼速来一信，因为我这边也有许多事要准备。

来信云手中尚有百元，我现在再寄三百元来，一共约四百元，到海防足够了。万一不够，可暂向文鉴通挪，由海防至蒙自用费，我亲身带至海防。

多

五月二十六日

我一生未做亏心事，天会保佑你们

（一九三八年六月十三日）

贞：

这回是我错了，没有带你们出来。我只有惭愧，太对不住你们。接到二哥的电及三哥的信，知道松滋不能去，粤汉路又决不能走。现在拟几条办法，你可以看势行事。

（一）训侄就学广州，大概不能成事实，因那边的人听说也差不多逃空了。你可商量训侄，愿否由湘滇公路送你们来，我自己到贵阳来接。训到此后是否有资格在联大借读，如资格不成问题，其余一切我负责，至少在这里避乱带补习功课，亦殊不恶，不知五哥能否放他来，他自己愿不愿意。

（二）大舅家里当然丢不下，好在他们不张风声，可否请他送到贵阳打转，我到贵阳接，这样耽搁他半个月或多则二十天，不知他愿否。

此上是急走的办法，如情势不甚紧急，则

（三）候一二星期，如果驷弟事成功，你们就随他来，这样，为节省计我只到昆明接。好在贵阳有同班老友聂君安陶可以照顾一切。

关于驷弟事，马上无法决定（详另函），并且不能不作万一的打算。设若他的事不成，恐怕把目前机会错过，将来更不好走，所以我甚希望第（一）（二）两项之中能够实现其一。万一三项都不能实现，那就这样：

（一）家中有人住，你们也暂住在家中。

（二）家中无人，你们搬到路口暂住。

无论如何，暑假中我定亲自回来接你们，什么危险也管不着。这边也有朋友们的家眷还在战区内的，如安徽、江苏、山东、河南都有，依然能汇款，能通信，也并无生命危险。所以万一你们暂时走不动，也不要害怕，我一生未做亏心事，并且说起来还算得一个厚道人，天会保佑你们！

三哥信上说湘滇公路连护送人路费需五百元，现在我再汇三百元来，给你们凑成六百元。这钱你们能来就作路费，不能来就留下过日子。

如果决定早来，便当即速上省，勿再迟延，衣服多多打邮包寄来，包不要太大。

多

六月十三日夜

要多多写来，免我挂念

（一九三八年六月二十二日）

贞：

上星期未得你的信，等到今天已经星期三了，还不见信来，不知是什么道理。究竟如何决定，来或不来，我好准备房子。陈梦家住的房很宽绰，他愿分一半给我，但有一条件，他的嫂嫂现住香港，也有来意，如果来，就得让给他嫂嫂住了。所以万一他嫂嫂要来，我就得另找房子，这不是一件容易事，我须在来接你以前，把房子定好，一切都安排好，事情很多，我如何忙得过来，所以你非早点让我知道不可。目下因黄河决口关系，武汉形势应稍松点，但鄂东想必仍然紧张。你若未到省，当早些来，若已到，倒不妨在省上住些时，如果等天气稍凉来，也免路上吃苦。游先生信想尚未到，究竟决定谁送，想也不甚容易。今天公超来要家驷的履历，我已开去，他的事仍然大有希望。如果时局能容许你们等到与他同来，岂不更好，或者你们就索兴等一等，反正我来接，也顶好等功课完毕或快完毕的时候。苦的是你自己没有主张，而我又隔这样远，通讯即用航空也要不少的日子，总之我的意思是愿意你们来，但不希望你们即刻就来，一则因为另请人送花盘费，二则天气热恐路上生病，三则等到暑假我来接，免就误功课。我的意见如此，你可与家中斟酌时局情形加以决定。但信总是要多多写来，免我挂念。前后共汇回六百元，想已收到，如果是同驷弟来，他的盘费不够，就给他一百元，他钱若够了，就将这一百元给父亲，我本来是想（汇）点钱给父亲的。母亲说到沙洋，已经去否，其余家中的行动，也盼告诉我。我替换的裤褂快破了，如有功夫，就做两套，否则带材料来，这边布匹太贵。你们自己的衣服也照上面的办法。如果来得迟，我候再领得一月薪水，再寄点钱回来，盼速来信。

多

六月廿二日

心中不快，只因未见你的笔迹

（一九三八年六月二十七日）

贞：

盼了两星期多，到今天才接到大舅一信，并只寥寥数语，殊令我失望。你答应我每星期有一封信来。虽说忙于动身，也不应连写信的工夫都没有。在你没来到以前，信还是要写的。天气热，怕你生病或孩子病了，不得你的信，我如何不着急呢？好了，到咸宁张府暂住，是一妙法。但报载武汉情形渐趋和缓，也许你们还是在省寓住些时较方便些。今日校中得到确实消息，军事当局令联大文法学院让出校舍，因柳州航空学校需用此地，这来我们又要搬家。搬到什么地方，现尚未定，大概在昆明附近。昆明城内决无地方，昆明南二十里有地方名宜良，当局去看过了，似乎房屋不够。不知还有什么地方可去，总之蒙自是非离开不可的。在先我以为你们若来得早，蒙自还有地方可住，现在则非住昆明不可了。但昆明找房甚难，并且非我自己去不可。现在学校已决定七月二十三日结束功课。我候功课结束，立即到昆明，至少一星期才能把房子找定。所以你们非等七月底来不可。只要武汉可住，不妨暂住些时，从容准备来的手续。武汉不能住，则往咸宁亦可。与驷弟同来，自不成问题。但大舅恐怕还要送到长沙打转，因事多，恐驷弟忙不过来。后寄三百元收到否？前后共寄六百元，除前函嘱你给一百元与驷弟或父亲之外，其余五百元想在动身前还要用去一些。但事先总应有一预算，请把这预算告诉我。能节省的就节省。昆明房租甚贵，置家具又要一笔大款。我手上现无存款，故颇着急。自然我日夜在盼望你来，我也愿你们来，与你一同吃苦，但手中若略有积蓄，能不吃苦岂不更好？快一个月了，没有吃茶，只吃白开水，今天到梦家那里去，承他把吃得不要的茶叶送给我，回来在饭后泡了一碗，总算开了荤。本来应该戒烟，但因烟不如茶好戒，所以先从茶戒起。你将来来了，如果要我戒烟，我想，为你的原故，烟也未尝不能戒。前些时，为你们着急，过的不是日子，两个星期没有你的信，心里不免疑神疑鬼，今天大舅信来，稍稍放心了。但未看见你的笔迹，还是不痛快，你明白吗？鹤雕为何也不写信来？此问安好。

多

六月廿七日

由三哥寄来的书已到十二包，似乎还有，不知是否同时寄出，想不致遗失吧。勋侄由嘉定来函，报告情形甚详，此儿渐渐懂事，文笔亦甚佳，殊令人欣慰。

无论如何，我决不再离开你一步

（一九三八年七月一日）

贞：

今天接到你六月二十四日的信，说三四日内动身来省，现在想已来到。婆婆想已去沙洋，爹爹何时来省，细叔现在何处，来函盼告我。武汉局势暂时似不要紧，近日敌机仿佛也不大到武汉来，你们暂时在武昌住下再说，万一空袭来得厉害，就往咸宁去躲一躲，请大舅在武昌我家暂住，以便照料。旧衣服可先寄来，我需要的裤褂以及你们应添的衣服，若来得及，无妨做起来，也由邮局寄来。上次信上说到学校迁移的事，究竟迁到什么地方，现在尚未决定，如果在昆明附近，我们还是住昆明。但我一时又不能到昆明去找房子，二十五日考大考，我大概要月底把卷子看完，才能离开蒙自。你们最好也在月底动身，汽车票听说要早买，或者月半前后请大舅上长沙去一趟，把票先买回来，亦无不可。将来走时，仍请大舅送至长沙，到贵阳可找我的同班聂君照料，下次我再寄一封介绍信来。细叔的事大致无问题，上次信中已说过，细娘是否同来，关于他们的情形，来信请告诉我，以便好找房子。现在计划已经大致决定，我想你心里可以高兴点，只再等一个月，我们就可见面，这次你来了，以后我当然决不再离开你，无论如何，我决不再离开你一步，我想，你也是这样想吧？叫孩子们放乖些，鹤雕读书写字不可间断，前回信上说你又有些发心慌，现在好了没有？

多

七月一日

前请三哥定《大公报》，如未定，请不要定了。

路上要谨慎

（一九三八年七月八日）

贞：

今日接到你到省后的信，得悉一切，听说昆明飞机场有水，许久没有飞机到，所以你这次的信走了十天。你说钱怕不够，做衣服等等还要用钱，我也想到，现在寄钱回来，恐怕来不及，我想好一法，将钱寄到贵阳聂家去，你到贵阳，上他那里拿，我手中钱不多，先寄五十元想来也够了。路上要谨慎，东西尤不可乱吃。今天发一电催细叔快来，想已收到。公超假中要回北平看家，驷弟须在公超动身以前来才好。报载武汉稳固，甚喜，家中想皆安好。

多

七月八日

从今以后，只做你的奴仆

（一九三八年七月二十八日）

贞：

武汉轰炸两次，心里着急，不知你们离开武汉否，接到你们初到长沙的电报才放心。后来见报长沙也被轰炸，又急了好几天，直到前天二次电报来了，才知道全体动身，更是感天谢地。现在只希望路上不致多耽搁，孩子们不生病。这些时一想到你们，就心惊肉跳，现在总算离开了危险地带，我心里稍安一点。但一想到你们在路上受苦，我就心痛。想来想去，真对不住你，向来没有同你出过远门，这回又给我逃脱了，如何叫你不恨我？过去的事，无法挽救，从今以后，我一定要专心事奉你，做你的奴仆。只要你不气我，我什么事都愿替你做，好不好？昆明的房子又贵又难找，我来了不满一星期，幸亏陈梦家帮忙，把房子找好了，现在只要慢慢布置，包你来了满意，房东答应借家具，所以钱也不会花得很多。照规矩算起来，今天可以到贵阳。如果在贵阳多休息几天，这信你便可以收到。现在告诉你一件要紧的事，前几天同事新从这条路来的说，天热易得疟疾，须先吃金鸡纳霜预防，每次吃三颗，隔一天吃一次，小儿减半。我前次在路上吃过十几颗，确乎有效。路上情形，若来得及，请来一封信告诉我。我因房子内部未布置好，不能来贵阳，很对不起你，求你原谅。但我实在想早早和你见面。由聂先生转的款国币百元，想已拿到。以后来电信寄“昆明联合大学”就行了。祝你路上平安。

多

廿八日早

房子七间，在楼上，连电灯，月租六十元，押租二百元，房东借家具。这条件在昆明不算贵，押租已交，房租候搬入时再交，厨房在楼下。

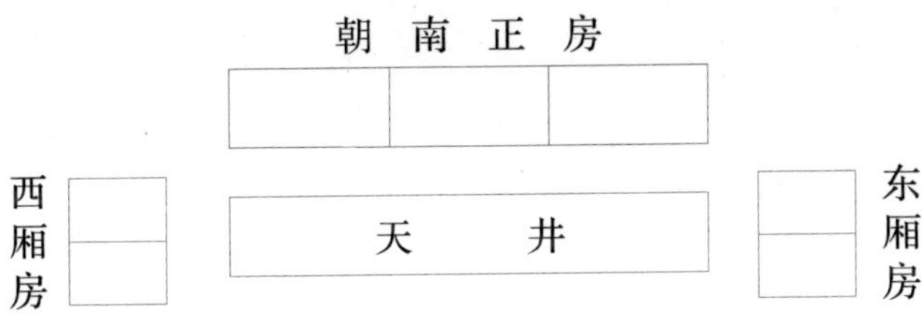

地点买菜最方便，但离学校稍远，好在我是能走路的，附近有小学。

房东是中医，开着很大的药铺，其亲戚徐君当教员，我认识，是游先生的好友。

第二章

致家人

从闻一多写给家人的信中，我们可以看到闻一多先生从血气方刚的清华学子到留美的爱国青年，再到为人夫、为人父、为人师的成长过程。对于父母，闻一多是孝顺谦恭的儿子；对于妻子，闻一多是顶天立地的丈夫；对于姊妹弟兄，闻一多与之互相督促，亦师亦友；对于儿女闻一多是慈祥可亲的父亲。闻一多于家庭有责任，有担当，于祖国亦有一颗拳拳赤子心。在留学美国期间，他时时挂念的仍是自己的国家，他在给家人的信中曾说："一个有思想之中国青年留居美国之滋味，非笔墨所能形容。俟后年年底我归家度岁时当与家人围炉絮谈，痛哭流涕，以泄余之积愤。我乃有国之民，我有五千年之历史与文化，我有何不若彼美人者？"在闻一多的心中，他的根仍和祖国血脉相连，他渐渐明白，自己兴趣最深的、最热爱的乃是中文。

按照清华的规定，他本可以在美国学习五年，但是未满三年，他就踏上了回国的归途。经过几年历练，逐渐成熟的闻一多更加明确心中的方向，他朝着自己心之所系的祖国大步前行。

家中吉否，甚以为念

致父母亲（一九一六年一月九日）

久未奉禀，家中吉否？甚以为念。男与五哥近均健饭如恒，可勿虑也。工业学校已放寒假，清华学校休假之期当在月底。校中前月红砂症甚行，同学死是疫者二人。幸以防范周善，不致传染，近日乃绝，幸甚！津门现方猖獗，闻系天气过暖之故。北方今岁甚燠，雨雪亦甚稀，近数十年来所罕见者也。二哥近有信归否？滇事真相，颇不易知，据此间舆论，无大暴动也。肃此虔请苐安。

男 多 叩

阳历元月九号

清华预举行周年纪念会

致闻家驷（一九一八年五月）

驷弟青及：

久未通音问，家中大小均安否？深以为念。五哥昨有信来，人事尚好。清华学校于下礼拜举行周年纪念会，近日正值一切预备，急形忙碌。近日北方天气炎燥，南方当必有更甚者也。附寄作文一篇，呈父亲大人尊览。弟读书近觉有进步否？暑假不远，归家时试观弟程度何如，勉之。草此，余不多赘，顺问

近好。

兄 多 上

黄昏人静，不觉思乡

致闻家驷（一九一八年五月十二日）

驷弟如面：

昨日为清华第七周年纪念会，园内陈设布置，极精丽华朊之至。有各种成绩展览，有各种演操，有音乐会，有教育研究会，有化装游戏，有活动电影。惜是日大雨，道涂泥泞，清华去城又远，来宾绝少，殊为不幸之至！校中暑假自阴历五月初九日起。兄与舒弟放假后即可回家。来函所需请件，当随身带归。寄来作文二篇，均已改就，并附评语，当详细参阅。兄近作二篇，亦附寄归。又评注司马温公《谏院题名记》，文法甚明显，可仔细揣摩。昨日二哥、五哥均有信来。二哥称俟政局稍平定，即返京另谋他法。我家究欠舒天款若干，兄并不知确定数目。展兄曾偿伊拾元，兄前后共偿伊十四元（头次贰元，二次壹元，三次拾元，四次壹元），又取回叁元，共偿伊（兄经手）拾壹元。余应偿款若干，请三哥示知，由兄处设法还清。兄暑假回家盘程及他应用费，已函请二、五哥两处接济。父亲手谕问兄《汉书》已阅多少，兄自去腊起，实已改阅《史记》。札记亦随阅随做，并未拘前后，每次字数亦不拘定。近稍温阅《左传》。但札记仍用《史记》材料。此外自修功课，去岁寒假前已阅毕黎（莼斋）选《续古文辞类纂》，本学期正阅姚选本，未毕。近以大考在即，中文自习功课多未照格履行。兄现为文，气息尚不能醇厚，总由读周秦文字太少，暑假回家，当从此下手。积雨新霁，黄昏人静，远闻管声，不觉思乡，书此恍惚见隔湖炊烟缕起，万树上浮，人语阗然，正与弟立山上纳凉也。此询
近安。

兄 多 上言
阳五月十二日夜分

日日以家为念

致闻家騄（一九一八年八月三十一日）

阴闰七月二日，三哥、五哥、弟及驷弟，同出门至关上，五哥东下，弟等三人遂至汉口。驷弟不赴宁，拟入省垣三一学校，三哥护之入校，藉赎金饲盘桓数日即归。弟五日到京，六日入校，上课尚在一星期后。八哥舒弟届时始到。在家时接兄家书，比已作覆，不知收到否？父亲嘱转知，兄如归期在即，款当随身带回，或不即归，则付邮汇，切勿迁延。家中困难不言而喻，五哥此次归来，行橐空空，双亲颇失望，重以三哥在家日日望出外，谓我家积债累累，撑持家政者，真有无米难炊之忧，数十年后，事未可知，渠家室食指独繁，不得不求一切实谋生之术也。弟等遂苦语相劝，谓从此在外者益当苦励节俭，日日以家为念，决不贻居家者忧也，始稍慰耳。此家中情形有关双亲休戚者，用走笔相告，此请二哥垂鉴，并问
近安。

弟 多 上言

阳八月卅一日夜分

各科成绩次第揭晓

致父母亲（一九一八年十一月十五日）

连接三哥、驷弟信，备悉种种，甚慰甚慰。二哥昨有信来，称患疟疾多时，后又喉痛气痛，纠缠月余。服友人王君剂始就霍然，日下已全复原矣。寄洋三十纸现存四哥处。欧战协约国获胜，畿辅学界万五千人集天安门庆祝，各校给假三日。男与八哥、舒弟昨均与会。本拟会毕后同访四哥，嗣以天晚恐误车不能返校，八哥又以旧同学之邀留宿城内藉访四哥，男偕舒弟返校。二哥寄来之款已请八哥代取。二次津贴迄未到校，已请校长咨文催寄。前三哥信中称报载一节，实系首届之款，公署诬称二届耳，禀中亦已申明。家中困难自无待言。二哥寄来之款，除偿鸿雪缘饭钱外，男尚需四五元，所剩无几，不便汇寄。津贴到后，定凑三十五元寄归。首次津贴二十九元有余，开消大宗为学内费九元，火车中借八哥二元，书籍费十一元，欢迎新同乡一元五角，《学报》一元八角五，《周刊》八角，图画特别班器用费一元，杂项捐款如国庆纪念级会常费，级会俱乐会捐款，高等科二、三、四年级欢迎一年级捐款及欧战协济会捐款共三、四元之谱，其余为零用。十月各科成绩除文学史外，均次第揭晓，列后页。第二次、第三次作文明日奉上。第一次二题任作一首，恐驷弟误解，故来函索《息内争议》。《周刊》颇载同学课艺之佳者，均可供驷弟之读。所缺《周刊》份数单子遗失，祈　[1]命驷弟再开一纸来。八哥国文成绩甚佳，为其级中首屈一指者，作文不知寄归否？驷弟亦当索阅。五哥久无信来，甚念甚念。余容续禀，肃此敬请

父母亲大人福安　并问

阖家安好

男 多 叩

---

① 原信此处空格。

立心坚确，向学不懈

致闻家驷（一九一八年十二月二十五日）

驷弟如面：

前书计已入览。朔风多厉，家中大小均吉否？颇念。上星期，五哥曾来清华园，晤谭移时，傍晚始去。渠白门之行，当在兼旬内外。二哥佐戎边檄，甚蒙当道殊遇，视越昔滇居之邅蹇，自有霄壤之悬。然而碌碌风尘，跋涉千里，得此寒官，内顾之艰莫纾，亦堪冷齿。闻迩来颇见礼于道尹，邀充秘书，且甚相倚重，穷途得此，堂上二老人之心庶差可慰耳。前寄归诸题，均有所拟作否？为选古文二首有领略否？经、史务必多读，且正湛思冥鞫，以通其义，勿蹈兄之覆辙也。兄近每为文，非三四日稿不脱，此枯涩之病，根柢脆薄之故尔。今课程冗杂，惟日不足，尝求闲晷稍读经、史，以补昔之不逮，竟不可得，因动私自咎悔，呜呼，亦何及哉！弟腹病近发否？摄生不可不讲，然亦不可以此自馁。病者身也，心志则不能病。起居以时，饮食惟适，立心坚确，向学不懈，阴阳亦退而听命矣。勉旃！

（附：近作三首评退日再寄）（注古文一首）《周刊》二份，望督收。

兄 多 上言

阳十一月廿五日

偕八哥参观北京大学

致闻家骢（一九一九年二月）

前日偕八哥来城至北京大学参观，今留鸿雪缘。兑款事四哥已有信归。二哥来函称以黄君孝辑之邀，拟开春晋京，当属返家一看也。弟英文诸课成绩如次：作文上，读本中，历史中，代数上，地质上。拟明日入校以恃筹备春假演剧事也。余不白。肃此

明贺

三哥 新釐。

弟 多 上

志在服事读书两全

致父母亲（一九一九年三月八日）

父母亲大人膝下：

许久未奉手谕，不知家内均吉否？深念深念。男等近均无恙，祈勿虑。上月成绩已揭晓者四门：英读本中+，英作文上，历史上，代数中。此学期任新剧社事又《学报》中文编辑，虽稍忙，志乃在于服事、读书两全。暇时不能钻研经、史，稍稍读诗文期于不间断耳。读经、史终以暑假为宜，以时宽而志专也。陈仁先前辈在清华任教习，授男文学史，前偕八哥造谒，曾询问伯父也。节过驷弟当读书作文寄来。附上《周刊》三份，祈　[1]督收为祷。肃此敬请

福安。

男 多 叩

阳三月八日

①原信此处空格。

国家大事，责任所在

致父母亲（一九一九年五月十七日）

父母亲大人膝下：

近来家内清吉否？念念。连接二哥、五哥来函，人事俱好，祈勿垂虑。山东交涉及北京学界之举动，迪纯兄归，当知原委。殴国贼时，清华不在内，三十二人被捕后始加入，北京学界联合会要求释放被捕学生，此事目的达到后各校仍逐日讨论进行，各省团体来电响应者纷纷不绝，目下声势甚盛，但傅总长、蔡校长之去亦颇受影响。现每日有游行演讲，有救国日刊，各举动积极进行，但取不越轨范以外，以稳健二字为宗旨。此次北京二十七校中，大学虽为首领，面一切进行之完密、敏捷，终推清华。国家至此地步、神人交怨，有强权，无公理，全国瞢然如梦，或则敢怒而不敢言。卖国贼罪大恶极，横行无忌，国人明知其恶，而视若无睹，独一般学生敢冒不韪，起而抗之。虽于事无大济，然而其心可悲，其志可嘉，其勇可佩！所以北京学界为全国所最仰，不亦宜乎？清华作事，有秩序，有精神，此次成效卓著，亦素所习练使然也。现校内办事机关曰学生代表团，分外务、推行、秘书、会计、干事、纠察六部，现定代表团暑假留校办事。男与八哥均在秘书部，而男责任尤重，万难分身。又新剧社拟于假中编辑新剧，亦男之职务，该社并可津贴膳费十余元，今年暑假可以留堂住宿，费用二十六元，新剧社大约可出半数（前校中拟办暑假补习学校仅中等科，男拟谋一教习，于经费颇有补助。现此事未经外交部批准，所以作罢论），尚须洋十余元，男拟如二哥、五哥可以接济更好，不能，可在友人处通挪，不知两位大人以为何如？本年又拟稍有著作，校中图书馆可以参览，亦一便也。男每年辄有此意，非有他故，无非欲多读书，多作事，且得与朋友共处，稍得切磋之益也。一年未归家，且此年中家内又多变故，二哥久在外，非独二大人愿男等回家一集，即在男等亦何尝不愿回家稍尽温省之责。远客思家人之情也，虽曰求学求名，特不得已耳。此年中与八哥共处，时谈家务未尝不太息悲哽，不知忧来何自也。又男每岁回家一次，必得一番感想，因平日在学校与在家中景况大不同，在校中间或失于惰逸，一回想象中景况，必警心惕虑，益自发愤，故每归家，实无一日敢懈息，非仅为家计问题，即乡村生计之难，风俗之坏，自治之不发达，何莫非作学生者之责任哉！今年不幸，有国家大事，责任所在，势有难逃，不得已也。五哥回家，自不待言，二哥如有福建之行，亦可回家，男在此多暇，时时奉禀述叙情况，又时时作诗歌奉上，以娱尊怀，两大人虽不见男犹见男也。男在此为国作事，非谓有男国即不亡，乃国家育养学生，岁糜巨万，一旦有事，学生尚不出力，更待谁人？忠孝二途，本非相悖，尽忠即所以尽孝也，且男在校中，颇称明大义，今遇此事，犹不能牺牲，岂足以谈爱国？男昧于世故人情，不善与俗人交接，独知读书，每至古人忠义之事，辄为神往，尝自诩吕端大事不糊涂，不在此乎？或者人以为男此议论为大言空谈，如俗语曰“不落实”，或则曰“狂妄”，此诚不然。今日无人作爱国之事，亦无人出爱国之言，相习成风，至不知爱国为何物，有人稍言爱国，必私相惊异，以为不落实与狂妄，岂不可悲！此番议论，原为驷弟发，感于日寇欺忤中国，愤懑填膺，不觉累牍。驷弟年少，当知二十世纪少年当有二十世纪人之思想，即爱国思想也。前托十哥转禀两大人，新剧社赴汉演戏男或可乘机回家，现此问题已打消，男必不能回家也。或者下年经济充足，寒假可回家一看。寒假正在阴历年，男未在家度岁已六七年，时常思想团年乐趣，下年必设法回家，即请假在家多住数日亦不惜也。区区苦衷，务祈 [1]鉴宥，不胜惶恐之至！肃此敬请

福安。

此次各界佩服北京学生者，以其作事稳健，男在此帮忙决不至有何危险，两大人务放心。

男 骅 叩

五月十七日下午

[1] 原信此处空格。

因爱国之热忱，暑假无法回家

致父母亲（一九一九年五月二十八日）

前奉一禀，言暑假在校办事不能回家，一切经费，均有著落。许久未见赐示，或因前函中颇论时局，被邮局收没，兹再述一过。清华学生代表团留校办事，男厮要职不能离身，又新剧社拟于假期中编辑新剧，并有薪金十余元。校中今年可以留堂，纳膳费二十六元，新剧社可任半数，余款已蒙五哥允许接济。如五哥款不即来，亦可向友人处通挪。男此举五哥甚赞成，以为出于爱国之热忱。今年年假，定能回家一看。此次不能回家，出于不得已，务望大人许可。详情后禀，现甚忙，不暇多渎。八哥回，当更悉情形也。肃此敬请

双亲大人 金安。

男 多 叩禀

阳五，廿八日

请速赐覆，愈快愈好。

在此办事，决无危险，因有美人保护也。八哥回当知底细。

大考成绩已揭晓

致父母亲（一九一九年十月六日）

日来家中均吉否？甚念甚念。大考成绩已揭晓，男成绩如下：英文读本中，作文上，历史中，地质上，代数末，中文作文超，图画超，文学史上。本学期所习功课为：英文（每星期四点），法文（四点），社会学（二点），政治学（二点），生物学（六点），中文讲文（二点），法制史（二点），阅书（一点）。湖北津贴十一元余已到，男购书需洋十余元，又拟购油画器具，则此费仅足敷用。五哥来京后，曾偕百之兄来园一游。男拟国庆日进城。

肃此敬请

父母亲大人 福安

男 多 叩

十月六日

请允我妇早归求学

致父母亲（一九二二年三月十四日）

父母亲大人：

出家后，不知家内均好否。念念。我们到汉，当即渡江到高家。二哥尚未晤及。驷弟曾来此两次。冯孝章已入文学中学，驷弟想已有信回来。我拟后日搭晚车北上，因尊公渡江，迄未返家，不得不相候一见。二哥曾为弄半票一晤孝辑，但未说及位置事。前任第一科长已经传见，想不日即可赴任。观此，二哥事亦非遥遥无期。驷弟并未误取半票，此系遗失无疑。我的车费同半票已备好了。我媳妇定住半月即归。届时务请五舅来接。千万千万。此关系伊的学业，即伊的终身之事。请两位大人勿循俗套必住二十八天，致误伊光阴。我之此次归娶，纯以恐为两大人增忧。我自揣此举，诚为一大牺牲，然为我大人牺牲，是我应当并且心愿的。如今我所敢求于两大人者只此让我妇早归求学一事耳。大人爱子心切，当不致藐视此请也。如非然者，则两大人但知爱俗套而不知爱子也。我妇自己亦情愿早归求学，如此志向，为大人者似亦不当不加以鼓励也。如两大人必固执俗见，我敢冒不孝之名谓两大人为麻木不仁也。不多渎，肃此敬请 福安。

男 多

十四日

作诗，抄诗，阅诗，讲诗

致闻家驷（一九二二年三月二十八日）

驷弟：

到校后，作诗，抄诗，阅同学所作诗，又同他们讲诗，忙得个不亦乐乎，所以也没有功夫写信给你。我的《红烛》（我的诗集）已满四五十首，计到暑假当可得六十首。同学多劝我付印问世者，我亦甚有此意。现拟于出洋之前将全稿托梁君治华编订，托时君昭瀛经理印刷。我于此道亦稍有把握，不致太落人后。我愿你亦多用功。我定能助你。相传李太白醉而见月于水中，因入水捉月，遂溺死，此事虽不甚可靠，然确为作诗好材料。我现在正作此诗名曰《李白之死》。脱稿后，即寄来一读。

二哥事发表否？冯孝章近状若何？你的近状若何？望一一告我。余续谈。

兄 一多

三，廿八日

求仁得仁，无怨无悔

致父母亲（一九二二年四月十三日）

父
母亲大人：

取消留级部令已下。内容想八哥已有信详述，兹不复赘。该令于大二（即廿九人）全未顾及。幸而全未顾及大二，因为令中措词，污辱学生人格已至极端，未及大二，则大二之人格当不污也。从前我在家时，大二曾有人要求早出洋及津贴等权利，未成。今此令出后，如大二坚持前请，或可稍得小补。但部令说我们“罢课避考”，说我们“事后深知改悔”，叫我们“务希自爱，以励前修”。试问为去年罢课一事，全校都未受影响，只我廿九人作真正的牺牲；我们“求仁得仁”，何“悔”之有？我们这样的人，是不知自爱吗？他又说“予以自新”“以观后效”。试问我们自始至终，光明正大，有何“自新”之必要，有何“后效”之必观？所以我们都以为这种部令，“是可忍，孰不可忍”？但我们若受他的好处，那便无形承认部令。此种行为，良心之不许也。且从去年不肯赴考，已经光明磊落到现在，何必贪此小利，而贻“功亏一篑”之讥哉？且早出洋实无利益，尤为我个人之不愿；津贴亦甚有限。贪此小惠而遗玷终身，君子不为也。所以我现在决定仍旧做我因罢课自愿受罚而多留一年之学生，并不因别人卖人格底机会，占一丝毫便宜，得一丝毫好处。并且八哥等八人不愿写悔过书自甘多留一年，此本可嘉之举，而万恶的外部竟强迫彼等服从多数，决不通融。以陷彼等于险难之域（完全牺牲出洋机会或屈伏于部令下，承认已经悔过）。此为有血性者之所共愤者也。现在我愿抵死力争，甘冒不韪，以触当局之羞恼，面致罚于我。更有一可痛心之事，则此八人前已申明无论如何，决不卖人格以早出洋。今多数人见威压过甚，仍将出洋，置前言于不顾。独光旦君则愿力争，不得，则完全牺牲出洋。圣哉光旦，令我五体投地，私心狂喜，不可名状！圣哉！圣哉！我的朋友光旦！我虽为局外人，但若不尽我最高度之力量以为公理战，我有负我所信奉之上帝及基督，我有负教我“当仁不让”之孔子，我尤负以身作则的我的朋友光旦！

余容续禀。肃此敬请　金安！

男 多

阳，四，十三。

我不愿早出洋

致闻家骥、闻家騄、闻家驷（一九二二年四月十三日）

二哥、三哥、驷弟：

取消留级部令已下，于大二（即廿九人）全未顾及。然亦幸而全未顾及大二，因为令中措词，污辱学生人格已至极点，未及大二，则大二之人格尚无恙也。前我在家时，大二曾有人要求提前出洋及津贴等权利，未成。今此令出后，如大二坚持前请或可稍得小补。但部令说我们“罢课避考”“事后深知改悔”，教我们“务希自爱，以励前修”。试问去年罢课一事，弄到现在只我二十九人作了真正的牺牲，我们“求仁得仁”，何“悔”之有？我们这样的人是不知自爱吗？他又说“予以自新”“以观后效”。试问我们自始至终，光明磊落，有何“自新”之必要？有何“后效”之必观？所以我们都以为这种部令，“是可忍，孰不可忍”？但我们若受他的好处，那便无形承认部令所讲的不错。此种行为，良心之不许也。且从去年不肯赴考，已经光明磊落到现在，何必贪此小惠，而贻“功亏一篑”之讥哉？且早出洋实无利益，尤为我个人之不愿，津贴亦甚有限。贪此小惠而遗玷终身，君子不为也。所以我现在决定仍旧做我因罢课自愿受罚而多留一年之学生，并不因别人卖人格底机会，占一丝毫便宜，得一丝毫好处。前运动取消留级者具悔过书措词卑贱。八哥等八人曾申明不负责，自甘多留一年，此本可嘉之举，而万恶的外部竟强迫彼等服从多数，决不通融，以陷彼等于艰险之地（完全牺牲出洋或屈伏于威压之部令下，承认已经悔过）。此为有血性者之所以共愤者也。更有可痛心之一事，则此八人前已申明无论如何决不卖人格以早出洋，今多数人见威压过甚，仍将出洋，置前言于不顾。独光旦君一人则愿力争，不得，则完全牺牲出洋。圣哉！光旦，令我五体投地，私心狂喜不可名状！耑此

顺问近好。

用费已竭，请寄十元来。

一多

阳四，十三。

家庭是一把铁链

致闻家驷（一九二二年五月七日）

驷弟：

来信已收到。打胎之想，我已取消，亦因调查到此举甚险。出洋亦不成问题。不过我到现在总觉得不愿意走。一嫂读书事我现在看得到稍淡散了。我不愿走，是因我自己的事。我前已告诉你我想将我的《红烛》付印了。但是后来我想想很不好，因为从前我太没有预备。什么杂志报章上从没未见过我的名字，忽然出这一本诗，不见得有许多人注意。我现在又在起手作一本书名《新诗丛论》。这本书上半本讲我对于艺术同新诗的意见，下半本批评《尝试集》，《女神》，《冬夜》，《草儿》（《冬夜》是俞平伯底诗，《草儿》是康白情底诗，都已出版）及其他诗人底作品。《冬夜》底批评现在已作完。但这只一章，全书共有十章。我很相信我的诗在胡适、俞平伯、康白情三人之上，郭沫若（《女神》底作者）则颇视为劲敌。一般朋友也这样讲。但虽然有这种情形，我还是觉得能先有一本著作出去，把我的主张给人家知道了，然后拿诗出来，更要好多了。况且我相信我在美学同诗底理论上，懂的并不比别人少；若要作点文章，也不致全无价值。还到原题上去，我不愿走，正因想在中国把这本书作完。并且把《红烛》也料理出版。我若能不出洋，我还想在清华住着利用这图书馆。但这样就发生困难了，住在学校内，弄一个相当的事，又要有时候作自己的事，颇不容易——径直是不可能。无论如何，这都是过去的话。现在我还是出洋。若书在那边做得成更好，不成也没有法子。我不能不走，倒是因为在清华不好弄事，并不怕家里的反对。家里一般俗见，早不在我的心里，更不在我眼里。驷弟！家庭是怎样地妨碍个人底发展啊！细肝，细心，细鼻，细眼，讨厌极了！试向早出洋的虚名好些呢，还是当一个著作家——实实在在的著作家好些呢？俗人真该万死！驷弟！大家庭之外，我现在又将有了一个小家庭。我一想起，我便为之切齿指发！我不肯结婚，逼迫我结婚，不肯养子，逼迫我养子——谁管得了这些？驷弟！我将什么也不要了！宋诗人林和靖以梅为妻，以鹤为子。我将以诗为妻，以画为子，以上帝为父母，以人类为弟兄罢！家庭是一把铁链，捆着我的手，捆着我的脚，捆着我的喉咙，还捆着我的脑经[①]，我不把他摆脱了，撞碎了，我将永远没有自由，永远没有生命！本来我立刻就可以回来了。但一因我要作书，不能回来，二因我现在，老实讲，一点也不挂念家里，所以也不想回来。驷弟！我知道环境已迫得我发狂了，我这一生完了。我只作一个颠颠倒倒的疯诗人罢了！世界有什么留恋的？活一天，算一天罢了！我的思想太衰飒了吗？“谁实为之？筑令致之？”我现在还不知道几时才回得了。我高兴几时回，我再写信告诉你。哎呀！我真怕再进那家庭之黑窟！我本要一嫂早

① 应为“筋”字。

回家读书，她没有回去，并且也不写信告诉我。我已写信告诉她既是地方不安静，回去不了，那又有什么要紧呢？但她到现在还没有信来。仗打完了，火车通了，信还没有来，这是什么道理？她若还在省，你去告诉她，我还愿意跟她作个很好的朋友，她若还是这样糊涂，我连朋友也不要了！我是没有道理讲的，我这样想了，便要这样讲，讲了，便要这样做。你再去告诉二哥：我的治装费不够了，□[①]已请家里补筹二百元，但是我没有打好算盘，补筹两百还是不够。八哥也带二百四十元；我因这一年中已支用了七十余元，将来家中贴补总要三百元才够。我知道他的事还没到手，筹款不易。家里可以替我在二爹或亲或家借吗？我非带这些不可。借来了，算我私下的债也可。

我阴历五月廿一上船，五月初六就要到上海，款请早办。

一多

阴四，十一

---

①原信此处缺字。

外洋居之，万分不易

致父母亲（一九二二年八月九日）

五哥转

父母亲大人暨阖室公鉴——

这种写信底格式是我创的。我想这样既可使我省写许多重复的字，又使家中多读长篇的详细的信。以后永久仿此。我们前日到支加哥[①]，来站迎接的清华同学在十人以上。因永驻此城的人已不少，加之暑假期中来此读夏令学校或工作者复有数人故耳。前本拟与钱君宗堡同居，因传闻美术学院相去大学（即支加哥大学，钱君肄业于此）甚近。但此二学校实不啻天涯地角也，坐电车来往；总须一个半钟头。吴君等起爨之处即近大学。故前者八哥所称起爨处去美术学院甚近之语实大谬不然也。目下加入吴君固不成问题，另与钱君同居亦属疑问。此处中国学生概属肄业大学者，居处都甚相近。美术学院在所谓下城者，他们往彼其稀，故不熟悉。我拟更待数日详细调，近美术学院究有地方可住否。如彼处索价过高，我宁在此处与钱君另租房间同居，横竖每日不过来往各一次耳。如至年终觉往返过劳，明年则径往纽约转

①现译为“芝加哥”。

人他校。论美术程度，纽约最高。前者我特因彼处地方太大，太繁华，或不方便。如明年前往，则今年在支加哥已与美国生活接近，庶不至感觉生疏也。现在寓处系新租房子，同居者钱君而外，有罗君隆基。罗君本不在此城，因现离开学日期约有两月，故暂寄居于此，稍迟再入学校也。此处房租三人共每月四十五元美金。每日在饭馆吃两餐饭，每餐约须三四角美金。刚吃完了不过一两点钟就饿了，但一动用就合中国钱一串多。吾人常言“长安居大不易”，今则知外洋居之不易当百倍过之。美术学院开学在阳九月二十五日，今日为八月九日，故吾人在此可闲居一月余。九月初在附近处有中部学生夏令会，在中部之清华同学在彼当可会见。余当续闻。耑此敬请

金安

一多

八，九日

堂堂华胄岂可受辱

致父母亲（一九二二年八月）

五哥转呈

双亲大人暨阖家公鉴：

八哥已自旧金山来电，称已抵岸，计明早可到支城。我明日赴站迎接，他约可留此一夜即首途往麻省。美术学院我已报名入学，但犹未分班，因开学日期未到也。近来生活犹常，看书、作笔记而已。现已作就陆游、韩愈两家底研究，蝇头细字，累纸盈寸矣。惜有时欲求参考书不可得，真恨事也。我现在所从事之著作乃以为将来归国教授之用，惟每念及此，辄为心忧。我在此习者，美术也，将或以美术知名于侪辈。归国后孰肯延我教授文学哉？求文学教员者又孰肯延留学西洋者教中文哉？我既不肯在美弃美术而习文学；又决意归国必教文学，于是遂成莫决之问题焉。在国时每贱视金钱以为不足吝惜，来此竟以日计算囊中尚余多少，明日当耗多少，战战兢兢惟恐浪费，回思在家与家[1]为此问题争执，不觉自笑亦以自悲。盖曩在清华无饮食之忧，有钱一日可挥十数金，无钱镇月不用，亦常晏如。今在此一日无钱即为

① 应为“家人”。

饿莩矣。呜呼，肉体生活之真经验从兹始矣。钱君之脱略，视我有过无不及，吾二人每以为谈，相视而叹，不啻牛衣对泣之楚囚也。本月原欲节省十元，但现只有五元之余裕，想下月正式上课当得较佳之成绩也。在国时从不知思家之真滋味，出国始觉得也，而在美国为尤甚，因美国政府虽与我亲善，彼之人民忤我特甚（彼称黄、黑、红种人为杂色人，蛮夷也，狗彘也）。呜呼，我堂堂华胄，有五千年之政教、礼俗、文学、美术，除不娴制造机械以为杀人掠财之用，我有何者多后于彼哉，而竟为彼所藐视、蹂躏，是可忍孰不可忍！士大夫久居此邦而犹不知发奋为雄者，真木石也。然吾见在此之留学士，皆瞢瞢者啜醨之徒，吾以一介之士又其奈彼何。我乡今年如何？二哥三哥职事有更动否？诸侄已入学否？十四、十六两妹与孝贞读书不可间断，孝贞分娩当为雇乳母，以免分彼读书之时。家中若望我之信，当思我之望家信情急百倍，甚望孝贞及两妹写信来，借以观彼等之进步。耑此顺请

全家吉安。

一多

离家三月未接家中只字

致父母亲（一九二二年十月上旬）

双亲大人膝下：

离家三月，尚未接家中只字；试思远游万里之人将何以为情乎！美术学院开课两星期矣。男之成绩颇佳，屡蒙教员之奖许。美国人于此道诚不足畏也。男每日早入学，晚回寓，尚有时间研究文学。昨结识一位浦西夫人。伊有中国画幅古瓷多种而不识其年代，特约男午餐，借代为夕逄译。此妇人甚有学问，认识此处美术文学界有名人甚多。伊已与男两封介绍信，一致美国最有名诗人山得北先生，又一致《诗》（美国有名杂志）总编辑并著名批评家孟禄女士。此后可以与此邦第一流文人游，此极可贵之机会也。

现与男同居者钱君而外又有刘君聪强。吴君泽霖本在芝城，现已往威士康新大学。然清华同学在此者仍不下二十人也。

敬请

金安！

男 一多

对于文学的趣味深于美术

致闻家騄、闻家驷（一九二二年十月十五日）

五哥、驷弟：

九月二十四号一函已收到。出国三月，未见家中只字，此破题儿第一遭，喜可知也。现寓底地址如下，写信即可用此：

Mr.T, Wen
1323 E.57th.St.
Chicago, Ill.
U.S.A.

同住者为钱宗保、刘聪强二君。他们都在芝加哥大学。这里离美术学院仍甚远，但离火车站很近。我每日来往，亦不觉麻烦。我们三人住两间房子，每月租钱二十二元。房子甚讲究，房东也很合得来，大概可以住得长久。

美术学院开课快满一月。我的功课做得可算得意。这里是三年毕业。我住的是一年级。现在的功课有几门很初浅，但教授底方法很不同，为打根柢起见，经过一番也不错。上课底详细情形不胜缕述。概言之，我进此专门学校后，益发对于自己的美术底天才有把握了，只要给我相当的时间，我定能对于此途有点成就，这里连我共有三个中国人，但那两个华侨，一个是从坎拿大[①]来的，一个从檀香山来的。他们虽是中国人却不能讲中国话。这个学校在美国很有名。今年底新学生比从来都多些，外国的也有十几个。

美术一途当然没有穷境，不要说三年学不完，便是三十年也是不够的。但我现在对于文学的趣味还是深于美术。我巴不立刻回到中国来进行我的中国文学底研究。我学美术是为帮助文学起见的。现在我每日上午八点钟出门，九点钟上课至十二点止（三个钟头共为一课），下午一点钟起至四点止，然后回寓所来。多半的时候回到寓所来便没有事了。我即从事研究文学，或写写信。我研究文学现在没有一定的规则或计划，随着兴会与精力走去罢了。大体上讲来，我很满意于我现在的理智的生活。至于情感的生活是完全讲不上的。远在异国，故乡万里，一纸之书，经月不到，更有何生趣可言？

在国的朋友们屡次写信来催我将诗集付印。我也想我该早点进行。但经济方面颇不易解决。大概照寻常的诗集底格式印起来总须百元。我颇想将月费中节省之数作此资本。但照现在的成绩，每月才能省五元。现在一元美金才能换一元三银洋。故若凑成全数颇费时日。我不知兄处或二哥处能否暂凑半数，期于年内出版？《草儿》售洋八角，《冬夜》六角，《女神》五角五分。我想我若售六角，二百本即能够本了，我想至少八百本容易卖

① 应为“加拿大”。

掉，其实此种书决不致这样难售。如兄或二哥能办到，我即将诗稿寄梁实秋代为经理。不然即需明年夏天才能实行也。我决定归国后在文学界做生涯，故必需早早做个名声出去以为预备。多半三年（美术学院毕业）我即归国。日子过得快的很，转瞬就要到了。“未雨绸缪”，未为过也。《冬夜评》拟与梁实秋底《草儿评》合印成单行本。印费有限，当与实秋分担。我现在又在作《女神评》。我希望以后连续着有书出版，不知能否做到。

披风我并未拿，恐家中记错了罢？顺问

近好？

弟 一多

十月十五日夜于芝城

阔的饭我吃不起，阔的书我非看不可

致父母亲（一九二二年十月二十八日）

五哥转呈

双亲大人暨阖家钧览：

前寄上一函不知收到否？入秋气候渐冷，家中都康健否？母亲大人旧疾未发否？诸惟切念。今接十哥来函称孝绢免职，二哥亦相随下台，不胜惊咤。想以孝绢底局面，二哥亦不致全无他方发展之机会。目下不知有何消息否？念甚念甚。今年二哥初移家眷，诸侄甫入校，诸事将有头绪，冀此或可作长久之计，不料忽遇此一打击，真大不幸也。三哥事有影响否？苟三哥尚能支持下去，二哥宽以时日，缓图他道，亦可差强人意也。

两侄晋省后各种情形，我尚未接家中只字之报告。此亦属切念，请示之为盼。

驷弟已入正途之学校，自属大可安心之事。但我不怕他不知用功，而怕他过于用功致妨康健。请五哥时写信嘱咐。

我近日功课进行如常，经验愈久，兴趣愈深，不患没有心得也。此校确系美国之首屈一指。我毕业于此后，纵欲继续研究，在此邦亦无处可去也。故三年之后我决即归国。当然学问无穷境，美术亦然。我若欲求更进，只有往欧洲而已。但此在目下，诚属望外。目下我所日夜切望者，毕业回国，将来作过三四年事后，再设法往日本一游。因为此次出国，道经此邦，对于其美术，深表敬仰也。我急欲归国更有一理由，则研究文学是也。恐怕我对于文学的兴味比美术还深。我在文学中已得的成就比美术亦大。此一层别人恐不深悉，但我确有把握。清华底文学社现拟出杂志与丛书。我的《冬夜评》即将与梁实秋底《草儿评》合印一册，为丛书第一集。我如今又在作《女神》底评论。我想以此与《冬夜评》合为一册单独出版，不知文学社肯否。我现在极想从著作中找点经济的发展，一桩我想这是我对于家中应尽的义务，二桩我的程度如今可算很够了。舒天弟底战绩我很羡慕，但我并不怀疑我自己的造诣很属殊特。《红烛》我期于明春出版。我希望定有点收入，虽是我的希望并不很大。

近来的日子并不算苦，但说起来似乎有点寒酸。为省钱起见，我们三人每天只上饭馆吃一次饭，其余一顿饭就买块面包同一盒干鱼，再加上一杯凉水，塞上肚子便完了。这样顶多有两毛钱就够了；若在饭馆，至少也要三毛钱。但是无论怎样苦，我决定每月不多不少要省下五块钱。若有多的钱剩，我就送给书店底老板罢，因为阔的饭我吃不起，阔的书我非看不可。大概在《红烛》未能出版以前，我省下的钱不能寄回。《红烛》卖的钱同他种著作底收入，统归家中子弟教育费之用。请家中不要着急，书呆子快要收利钱了！孝贞计应分娩矣。千万须为伊雇乳母，以免分伊读书之工。

一多

十，二十八

远在万里如在家中

致父母亲（一九二二年十一月六日）

五哥转呈

双亲大人暨阖家钧鉴：

五哥寄来的杂志都收到了。父亲大人手谕及孝贞、十六妹书各一封亦收到。我到芝加哥来比别人都侥幸些。别人整天在家无法与此邦人士接交，而我独不然。今日同学名卡普其者接我到他家里去。他的母亲待我好极了。伊说伊的儿子出门时曾遇着一位太太待他好极了。伊要还债。所以今日见我要用那位太太待他儿子底方法待我，使我远在万里之外，如在家中一样。这时我向伊说了一句很漂亮的话，我说，我的母亲不久也要还债了。今天伊办了很好的中饭给我吃。下午又留我过夜，我因道远了要早回寓。伊又办了很多的点心迫着我吃。我从未遇着一个外国人待我这样亲热的。这便使我想起我自己的母亲了。想起我自己的家了。这个卡家里有祖父，有母亲，有父亲，有儿子（就是我的同学），有女儿（出嫁了）。今天是礼拜日，这一家人都在家。其外女婿也来了，外甥儿、外甥女也来了。还有一位女子（或是我的同学底意中人）。这位卡太太问我中国的风俗人情，问我我家里有多少人，我都告诉伊了。我又告诉了伊八九年前我的祖父在世的时候，我们家庭底盛况。他们都称赞不置，他们也有四代人，但不是一家。我们那时是四世同堂，而且人数之多，简直是钟鸣鼎食之家了。他们外国人儿子娶了亲就搬出去了，所以从来没有这样大的家庭。他们听我讲，都奇怪极了。卡太太又问我“中国人吃饭是真用筷子吗？”我说“还有假的吗？”伊又问道，“你们吃面也用筷子？”我说“我们吃面底时候比你们还多呢。”啊，原来伊闹了半天还是以为我们一只手拿一枝筷子，好象他们一只手拿刀，一只手拿叉似的呢！你们想想你们若一只手拿一枝筷子，你们会扒得动饭捎得起面吗？下礼拜我又要拜访一位教员（芝加哥大学底）。这位先生要知道中国东西，清华同学张君景钺便介绍我与他谈话。家里一定都喜欢知道我在这里人家都认我是有中国学问的人。所以若有外国人要知道中国古时的东西，他们就介绍我去了。所以这样我本不善交际也不喜交际，但是我想今年新来芝城的人中没有比我的交际更广的。当然我所谓的交际不是那种虚伪的无事忙，我所结交的都是有学问有道德的人。

但是讲来讲去我不喜欢美国。美国的学生没有中国北京、上海、杭州、南京等处的学生底善于思想、勤于思想。他们在我眼里都是年轻的老腐败。美国的工人没有中国工人勤苦，他们得钱多，做事少。别人以为美国好极了，其实美国好本好，坏处也不少。

我的字现在写得坏极了，一半也因笔不好。我要回来练字。哈哈，这又是要回家底一个理由。父亲写字不便，十四、十六两妹同孝贞要写信来。耑问阖家安好！

一多

十一月六日

我还要看更好的信

致父母亲（一九二二年十二月二日）

五哥、驷弟转呈

父母亲大人膝下：

《小说月报》及《诗》请继续寄来，因现方从事于文学批评，须时时参阅也。我与梁实秋合著的《冬夜草儿评论》已由实秋经理出版，不知驷弟已见到否？我们的意见差不多都包括在此。驷弟久不写信何故？我望你读书发生疑问时，确告我，我定能回答你。《小说月报》与《诗》可先看，再寄给我。《冬夜草儿评论》驷弟如在沪买不到，就请舒弟寄一本来。

我在美术学院底成绩这个月更进步了，因为又多得了一个超等。但是我并不喜现在的功课。昨晚会着一位美国有名女诗人海德夫人。我将我的诗译了几首给她看，她颇称赞。她劝我多译几首，给她送到这里一个著名杂志（《诗》）请他们登载。我的朋友们笑我还没有上中国诗台，倒先上了美国诗台。我不知国内的人将怎样承受我的将要出版的《红烛》，或者他们还不能鉴赏他。但我那儿管得了这些事呢？海德夫人到过中国、当过《诗》底编辑，著了两本诗集，在此邦文学界颇有声望。她的丈夫海德先生是一个戏曲家、医学家，我也会见了。他们当然在学问界是最上流的人物。在美国只有这些人我还不讨厌。

请驷弟转托十哥到亚东或泰东图书局，打听在他们那里印新诗有些什么办法。问他们能否同著者分任印费，或替著者完全担任印著（费），将来的收入少分几层给著者。如到亚东就问《草儿》《冬夜》《蕙的风》是什么办法；到泰东就问《女神》是什么办法。当然去调查时，须告诉他们我的历史。请十哥早点去访问，因我要立刻将《红烛》送出去，不然我以后的著作恐怕不容易叫响。我本想完全自己出印费，但现在看起来，力量实在不足，只好放松了吧。

钧天弟听说有信来，是由五哥转寄的，怎么现在还没有收到呢？我很想知道他的近况，并愿跟他讨论些文学、美术的问题。

到如今只接到五哥一次信。远人底渴念可想而知。父亲大人底手谕倒都收到了。家内入冬都平安否？母亲大人请少出外劳顿，恐冬寒复触发老疾也。二哥近来有何安置否？二嫂仍在省否？父亲大人宜时时往省间住几天，借以察验侄辈底功课；家中细故不值得老年人底过虑也。十四、十六妹读书应渐有进步、渐有兴趣。确当多写信来，但不要说雷同的话。家中细事多少，都是写信底资料。写不出的字，有父亲，有先生，都可以问；如此，为什么不多写些好的长的信来呢？我不是说从前的信不好（“家书抵万金”那有不好的呢？），但我还要看更好的信。孝贞计当近临盆之期矣。从此当脱去所有的孩子气，用心鞠育，用心读书。在家里一方面，如能多使她得一刻读书底时候，少负些鞠育底责任，那我们就感激不尽了。但是这并不是说孝贞不当学习这些事。这些事她应处处留心观察，因为这是女人底正式的职分之一种。

以下的话，十四、十六两妹及孝贞都当听者。你们看这次我的信里又提到一个美国的女诗人，因为她夸奖了我的诗，我就很以为得意。这样看来，女人并不是不能造大学问、大本事。我们美术学院底教员多半是女人。女人并不弱似男人。外国女人是这样，中国女人何尝不是这样呢？好象你们要我写信写楷字，你们实在办不到，第一桩，我太忙了，第二桩，我写楷字真写得不痛快。请你们原谅我。好在我写的都是行书，没有草字。行书你们也是要学的。

家中今年收成不好，但是我在美国读书底成绩是十足的收成。可见得“砚田无恶岁”了！家中应引为欣慰。

一多寄自美国

阳十二月二日

异邦佳节，倍思故乡

致父母亲（一九二二年十二月二十七日）

五哥、驷弟转呈

双亲大人暨全家公鉴：

五哥寄来宁字第二号信收到。于今家书真抵万金矣！

二哥近在何处？有无活动余地？三哥底事能永久否？宁厂加工，寿命究竟长否？统祈示知为盼。驷弟成绩甚佳，殊可喜。课外有暇当多阅杂志，以得普通知识。阅杂志原不是做学问之目的，亦非做学问之本身。但驷弟目下所需者是一普通知识之根柢，根柢既成，思想通澈，然后谈得到做专门的学问。此非文科独然，实科亦莫不然。我瞩驷弟多写信来质疑问难。我虽远隔重洋，书信往来，节序已迁，但研究学问，真理不改，时间不足以囿之也。

美术学院已放寒假，于今一星期矣。我们除美术史一科外并无大考，只以平日成绩定等级耳。我上月成绩又进，七门功课已得六超等矣。此间学校每年多分三学期者。美院亦然。我们下学期应加新功课，但目下尚不知何种耳。

《红烛》已寄与梁君，请经理付印。到美后曾加新作七十首左右。全集屡经删削，尚余百零三首。以首数言，除汪静之底《蕙底风》，无有多于此者。印费我不知究须多少。我现只存三十元美金，拟不日寄给十哥处，俟梁君与书局办妥交涉后，再转拨书局。我又想在这里再借数十元，以后寄回。如尚不敷，则请兄等设法补足。梁君信来讲可以代筹款项。但我想《冬夜草儿评论》印费系梁君独任者，此次不便再累之。《红烛》中我本想多用几张插画。但目下因经济的关系一张也不能用了，连封面上亦不能用画了。只好等出第二本集子时，再好好的印出一本书来罢。

芝加哥大学也在寒假之中。同居刘君已往威士康新游历（吴泽霖、罗隆基二君在彼处），现只我与钱君在此耳。昨日为耶稣圣诞节。此节在美国等于我国之新年。他们热闹起来，逼得我们无隙可钻了。作客者，作客于异国者，最怕的是这种时候了！

今早得梁实秋信称郭沫若君曾自日本来函与我们的《冬夜草儿评论》表同情。来函有云："……如在沉黑的夜里得见两颗明星，如在蒸热的炎天得饮两杯清水……在海外得读两君评论，如逃荒者得闻人足音之跫然"。你们记得我在国时每每称道郭君为现代第一诗人。如今果然证明他是与我们同调者。我得此消息后惊喜欲狂。又有东南大学底一位胡梦华君也有来函表示同情。但北京胡适之主持的《努力周刊》同上海《时事新报》附张《文学旬刊》上都有反对的言论。这我并不奇怪，因这正是我们所攻击的一派人，我如何能望他们来赞成我们呢？总之假如全国人都反对我，只要郭沫若赞成我，我就心满意足了。

余容续闻。耑此敬候

全家安泰。

一多自美芝城寄

十二月二十七日

所托诸事，烦请费心

致闻亦有（一九二三年一月五日）

十哥：

寄来书物三件，第一号（照相）收到后四五日第二号才到，第三号恐又须四五日也，美邮务可靠，想遗失不致也。寄八哥诸函，均已当日转寄，今得复函，均已收到。兄年节回家否？兹由信内寄来美金三十元拟作《红烛》印费。《红烛》底稿已寄与北京梁君实秋请代经理付印（在上海），候交涉办妥后，梁君当有信到兄处，并告书局向兄处取此款。余数已请梁君与书局说妥出版后再付。但下月弟或仍有二十元寄兄处。若此款寄到，即付与书局亦可，交驷弟暂用亦可。因此次印费文武是要五哥设法添补的。除弟寄归之数，请问明尚缺多少，并请通知五哥，请早日设法，于出版时付清。又校对一事不知由书局完全负责或如北京书局，著者需担任预校。如上海同然，即着驷弟办之可也。

弟到美后情形，谅兄已知其梗概。学业方面，既得兴趣，自不觉困苦。此美术学校最满我意处，乃日间上课，课毕即无事，故晚间返寓，犹得研究文学也。入冬微觉身体衰退，夜坐过久，次日即不能支持，且时有停食、流鼻血诸小恙。寒假后稍觉强健，食量日增。弟作事每随兴趣所之，不能自制，故身体衰退此亦一因，然芝城气候及食品亦须负责也。

八哥学业身体都很好。吾二人通信甚密，此在异乡之一慰藉也。锜天弟闻在宁成绩甚好，阅来信，思想亦大大进步，真喜事也。驷弟颇勤谨，惟恐过度，请兄时时警告。学问之道路非一步可以跨完者也。

所托诸事，费心费心。顺问 冬安。

请即覆为要

弟多 上

一月五日

为《红烛》出版四处筹款

致闻家騄（一九二三年一月五日）

五哥：

兹已寄美金三十元与十哥作《红烛》印费，请他转交书局。弟存款三十元都借与别人了，需下月才能还清。此次之款，二十元由八哥处借来，十元乃我本月所节省者。下月可省十元拟还八哥一半。别人还我的三十元或多可全数寄归，少则寄二十五元归。美金价钱现在很好。统计可以寄归之数，至少五十五元，可以换银洋百元之谱。诗集印费不知到底要多少。无论如何，所差之数，请你设法候出版时付清。出版也不知究在何时，已请十哥问明书局转告，但我想总需两月。我以后大约每月可寄十元归；如出版期迟，我寄归之款即可作印费之用。但出版期既未决定，此说自不可靠也。

前上诸函收到否？美术学校已开课。新加功课有“人体组织”一门，余皆仍旧。余容后谈。

顺问近好。

弟 骅 上

一，五

我乃有国之民，有何不若彼美人者？

致父母亲（一九二三年一月十四日）

五哥、驷弟呈

父母亲大人及阖家共鉴：

十哥寄来之书籍至今只收到两包，相片与杜陆二家诗集是也，其余杂志想已失落矣，可恶已极。《创造》望驷弟补寄来，其余杂志以后永远停止寄阅，但驷弟若要看，买就亦好，不必寄美也。《创造》第一期闻有再版，亦望驷弟买一本存之，以便日后汇成全套也。以后凡寄物件务挂号以备不虞。前已寄美金三十元至十哥处，不知收到否？此次寄钱，系夹在信内，盖此国邮章五十元以下可以夹信内封寄也。以后寄钱均仿此。

美校上课已两星期。此学期功课较为繁难，然亦较为有趣。故本学期时间将必多用于美术上，而文学遂不能不稍受停顿也。但此亦不碍。《红烛》既出版，我于文学方面可以告一小段落。此时专攻美术，计亦不恶也。此间学校，每季为一学期，故一年得四学期，除暑假，则三学期。三学期乃正式期限，但有愿于暑假中继续修业者亦可能也。故若能连读三暑假，则可减省一年之光阴也。美院本三年毕业。我想连读两暑假，则两年之间已读完两年又两学期之功课。再读一学期，即两年又三个月，而三年之功课均毕矣。由此计算，后年年底（民国十三年）我当能归国。日前闻一教员云，在此校肄业两年，根底工夫已足矣，此后自己作功夫，可也。故我若欲早归，后年秋天亦可归来。但特来美一次，住个两年半，亦不算久，我当有此忍耐性以支持到底也。想家中得知我留美期限又由三年减至二年半，亦足惊喜矣。然而局外人或因别人求学四五或六年而我两年半即归，遂责我向学之心不切。噫！此岂可为俗人道哉！我未曾专门攻文学，而吾之文学成绩殊不多后人也。今在此学美术，吾之把握亦同然。吾敢信我真有美术之天才，学与不学无大关系也，且学岂必在课堂乎？且美利加非我能久留之地也。一个有思想之中国青年留居美国之滋味，非笔墨所能形容。俟后年年底我归家度岁时当与家人围炉絮谈，痛哭流涕，以泄余之积愤。我乃有国之民，我有五千年之历史与文化，我有何不若彼美人者？将谓吾国人不能制杀人之枪炮遂不著彼之光明磊落乎？总之，彼之贱视吾国人者一言难尽。我归国后，吾宁提倡中日之亲善以抗彼美人，不言中美亲善以御日也。

信到时计在岁末，诸兄弟当已返家，故仍直接寄家中也。此候 合室清吉，并贺 新禧！

一多寄

阴历十一月二十八日书

我得一女，正如我愿

致父母亲（一九二三年二月十日）

父母亲大人暨全家公鉴：

又久未接家信，家中均好否？前上诸函谅都收到。近来身体甚佳，功课成绩亦有进步。人体写生从来只得上等，这回得了超等了。所以现在的分数是青一色的超了。我来此半年多，所学的实在不少，但是越学得多，越觉得那些东西不值得一学。我很惭愧我不能画我们本国的画，反而乞怜于不如己的邻人。我知道西洋画在中国一定可以值钱，但是论道理我不应拿新奇的东西冒了美术的名字来骗国人底钱。因此我将来回国当文学教员之志乃益坚。

家中望远人底信，却总不写信来，这亦不可解。十四、十六两妹及孝贞为何亦不写信来？难道我没有信给她们，她们就不该写信给我吗？我有功课及自修，日夜忙碌，不能写信，犹可原谅，你们有何道理不写信来呢？你们读书间断否？孝贞分娩，家中也无信来，只到上回父亲才在信纸角上缀了几个小字说我女名某，这就完了。大约要是生了一个男孩，便是打电报来也值得罢？我老实讲，我得一女，正如我愿，我很得意。我将来要将我的女儿教育出来给大家做个榜样。我从前要雇乳母以免分孝贞读书之时。现在不以为然。孝贞当尽心鞠育她，同时也要用心读书。我的希望与快乐将来就在此女身上。

《红烛》底交涉实秋有信来否？钱若不够，请诸兄等暂筹垫还，我以后每月节省陆续寄回。我想到头总不会赔本。此上顺问全安！

男　一多

二月十日

中国几乎无处没有诗

致闻家驷（一九二三年二月十日）

驷弟：

我答应你两星期前回信，直到现在才实行，真对不起。

我现在可以批评你的笔记了。

王光祈所讲外国人居室陈设华丽底原因未必尽实，这些只是相对的说法，未必是绝对的。你说外国的社会经过艺术化，更不实在。你又说中国美术向来不发达，“向来”当改为“近来”。唐宋之美术之发达据西人之考据真是无可比伦。江浙人宁饿着肚皮穿好衣服，他们这一点确乎是比较的可取一点，若说中国人十分轻美术也不对。诗在各种艺术之中所占位置很高（依我的意见比图画高）。但诗之普遍诚未有如中国者。在中国几乎无处没有诗。穷家小户至少门联是贴得起的。门联上写的不是诗是什么？至于从前科举时代凡是读书过考，谁不要会作几句诗！至于读诗更是普遍了。《唐诗三百首》《千家诗》一类的课本西方是找不出的。

东方之具形美术（即图画、雕刻、建筑）所以比较地不发达，而文学反而发达——这亦非偶然。图画等艺术须耗费物料甚多，然后才能完成。中国人物质文明不发达，故多费物料即成奢侈，盖物质不发达，不能浪费也。文学或诗之创造可以绝对不依赖于物质。我能作一首诗，口里念出来，我的诗就存在了（连写都不必写）。但图画必依赖笔墨纸等物而后存在。仅一概念不成图画也，中国人穷，花不起钱，诗却可以尽量地做，毫无消耗。诗是穷人底艺术，故正合物质穷困的中国人。

还有一个原因就是中国人贱视具形美术，因为我们说这是形式的，属感官的，属皮肉的。我们重心灵故曰五色乱目，五声乱耳。这种观念太高，非西人（物质文化的西人）所能攀及。

我现在着实怀疑我为什么要学西洋画，西洋画实没有中国画高。我整天思维不能解决。那一天解决了我定马上回家。

有一个多月没有作诗。上星期作了一篇批评郭译莪默底文，寄回国来了。我希望第五期的《创造》可以登出。

听说《清华周刊》底文艺增刊要登我的《忆菊》，你看见过否？这是我的一篇得意之作，朋友们懂诗与否的莫不同声赞赏。你爱读否？

寄钧弟底信看见否？草此，便问 近好！

兄 多

二月十日

诗兴总比画兴浓些

致家人（一九二三年三月八日）

五哥、驷弟转呈

阖家公鉴：

许久没有写信回，也许久没有接到来信。昨接八哥来函称接家书，腊初曾得大雪，春收可救百分之一二，诚大不幸中之幸也。乡间此时情形如何？人心慌乱到什么程度？望略示远人，借释悬念。凶年兵燹，频乘荐臻，乡民将何以为生啊！不知人心是怨天呢，还是怨人？天灾诚无法可救，至于人祸，若在欧美，这辈封狐长蛇，早被砍作百块了！美国底革命如此，法国底革命如此，俄国底革命亦如此。

我近来人事甚好。功课也作得有兴，但是诗兴总比画兴浓些。现在为作一首描写母校生活的长诗，旷了两天课。诗还没有作完，课可没法再旷了。范静生先生前过芝城，为此处留学生讲演，大意谓欧美侵蚀吾国的脂膏，吾人抗御之法，还靠农民。故农民教育，尤为当今亟务。先生来美，即为考察此邦的农村教育。前两星期我曾参与此城之文艺学会，又会见此邦的一位大诗人卢威尔。这位诗人曾翻译过一本中国诗，他不懂中文，他译中诗，同林琴南译西洋小说一样，与别人共作。这就是近来的新

闻。草此敬请

双亲大人福安，全家福安！

骅 谨启

只求在文坛打出一条道来

致家人（一九二三年三月一十日）

五哥、驷弟转呈

阖室公鉴：

十哥代寄来的《创造》与《小说月报》都已收到。第二次寄回的钱不知收到否？今接实秋来函称诗稿将寄与泰东承印，版权归他们，可以得到一点稿费，也到底不知多少。成仿吾（《创造》底编辑）并允代为帮忙。稿费底事，在我们本不好太执著，还价是讲不到的，只好随便一点，落得出版以后，销行可望广一点。初出头的作家本来是要受点委曲的。《冬夜草儿评论》除了结识了郭沫若及创造社一般人才外，可说是个失败。我埋伏了许久，从来在校外的杂志上姓名没有见过一回，忽然就要独立的印出单行本来，这实在是有点离奇，也太大胆一点。但是幸而我的把握当真拿稳了，书印出来，虽不受普通一般人底欢迎，然而鉴赏我们的人倒真是我们眼里的人。实秋信中又讲到郁达夫（小说家，也是创造社底中坚人物）曾到清华园来拜访了他一次。他又讲我的批评《女神》的文章将在下期的《创造》里登出了。总之，目下我在文坛上只求打出一条道来就好了。更大的希望留待后日再实现吧。近来作了一首写清华生活的长诗，寄给此邦各处的朋友看了，都纷纷写信来称赞，其中浦薛风尤其象发狂似的赞美我。我觉得名誉一天天的堆上我身来了，从此我更要努力。

近来人事很好。功课虽忙，却也有趣。家中近来都好否？二哥近状如何？乡间近来安静否？诸祈示知是为至荷！寄归各款如今当然可移作他用。下月恐怕再有贰十元寄回。耑此敬请

父
母 亲大人 福安，并问

全家安好！

骅 谨启

十四、十六两妹及孝贞再写封信来看看你们的进步如何。又及

达到一种目的必须一种方法

致闻家驷（一九二三年三月二十五日）

驷弟：

我实在对不住你，同你写的信太少了。但是这里有个原由。每次你的信来，我总想等到那天有暇，长长地写封回信，殊不知事情既忙，脾气又懒，长信到底写不成，不独长信，连短信也写不成了。我想以后不要这样野心，信来了便作答，有时候多写点，否则写少点，也聊胜于无。前星期寄归一函讲《红烛》已卖与泰东事，不知收到否。

你信中提到沫若所讲关于艺术与人生之关系的话，很有见地。但我们主张纯艺术主义者的论点，原与他这句话也不发生冲突。但是说他已将这纠葛的问题解决了，我又不信。我还是拘守我的老主张。你又问精神肉体互相关属，是何理由。其实这很明白，肉体是方法，精神是目的。达到一种目的必须一种方法，但方法底价值是在其能用以达到目的的。若无目的，还要方法何用呢？若没有字，笔也没有价值存在了。字写完了，笔可以抛掉。字到底比笔要紧些。精神是字，肉体是写字的笔。

你抄来的笔记中论人生之罪恶与忏悔一段，理论辟透，文词焕发，气势浑厚。我初次看过，忽略过了，今天再阅，才知道我的弟弟能作这样的文章，我快乐极了！我快乐极了！驷弟，你当努力，你可以作个诗人，或小说家，或戏剧家。你的天资够了，只看你将来的努力如何。平常你的文字有些拖泥带水，这一段，好极了，便叫我自己写起来，也不过如此。

《蕙的风》实秋曾寄我一本。这本诗不是诗。描写恋爱是合法的，只看艺术手腕如何。有了实秋底艺术，才有《创造》第四期中载的那样令人沉醉的情诗。汪静之本不配作诗，他偏要妄动手，所以弄出那样粗劣的玩艺儿来了，胡梦华底批评我也看见了，讲得有道理。文学研究会底徐玉诺出了一本《未来的花园》，见过否？实秋不喜他，我却说他颇有些佳点。徐君是个有个性的作家，我说他是文学研究会里的第一个诗人。自圣诞节后我只作了两首诗，一是《园内》，你可在今年的《清华周刊》底纪念号见到。还有一首名《长城下之哀歌》，现在修改，拟送《创造》发表。这两首都是极长的诗。《园内》恐怕是新诗中第一首长诗。我近来的作风有些变更。从前受实秋底影响，专求秀丽，如《春之首章》《春之末章》等诗便是。现在则渐趋雄浑沉劲，有些象沫若。你将来读《园内》时，便可见出。其实我的性格是界乎此二人之间。《忆菊》一诗可以作例。前半形容各种菊花是秀丽，后半赞叹是沉雄。现在春又来了，我的诗料又来了，我将乘此多作些爱国思乡的诗。这种作品若出于至性至情，价值甚高，恐怕比那些无病呻吟的情诗又高些。

我的画兴也日浓。我现在又渐有在此多留年余底倾向，但此时还早，说不定将来的事呢。你现在看些什么杂志？关于文学，《创造》同《小说月报》都不可不看。别的非文学的杂志也要看。法文进境如何？日记多作固好，但不要太占了看书底时间。不妨试作些诗或小说，以资练习。你将来专门那一种学问，现在固不必定，但无论如何，以文学作副科，既合你的性情，又是件很有价值的事。你若要专门文学也好，但我不勉强你。将来到底专门什么，现在也无妨想想，却不必遽然决定。旧书亦当看。

你回家后考察两妹及孝贞底进步到底如何，请详细告我。家中还有什么新闻望亦多告我。二哥底近状若何？三哥事有变否？五哥事有变否？都望详细告我。

我在此邦同级中组织了一个通信的团体，吴泽霖、罗隆基、钱宗堡、蒲薛凤、沈有乾、何浩若都在此团体中。我们所做的事；就是互相通信，报告消息，讨论问题。这是留学生生活中之新发明。将来实行了，一定在这干枯孤寂的留学生活中加进一点新兴趣，新精神。八哥与他们同级的时昭瀛、潘光旦、刘聪强、陈石孚、刘昭禹也组织了一个同类的团体。

草此便问 近好。

通信处要法文的或英文的。速寄来。

兄 一多

三，廿五日

除接家信外，更无乐事

致闻家驷（一九二三年四月八日）

驷弟：

寒假所作札记并信都收到。札记大体甚好，确见进步，可喜。但以后可节录佳者一、二节寄来评阅，盖过多你既不胜抄写之劳，我亦无暇细评，且亦无尽评之必要也。我意你目下亦不可太费多时于札记上，阅览更要紧也。

久不接家中来信，你的信里亦未提及家中一字。远人其何以奈此！父亲大人每责我写信不密而以八哥与我相衡。岂知八哥所接之家信亦密于我者哉？家中若许人岂数月中无时涂一二字寄来乎？我若写信不勤，功课忙碌，非无因也。我不信全家之人除你而外皆为忙人，且忙甚于我也。我虽为书呆，亦不致呆如木石，而无思家之情也。

近来生活尔尔。饭健虽犹如常，然面心灵之愉乐，无足道者。客居万里者，除接家信外，更无乐事。家书不可得，则望友书。有友如实秋，月为三四书来，真情胜于手足矣。驷弟乎！你非劝我勿系怀乡梓者乎？吾亦知系怀何益。然人非全为理智动物，情难胜也！我近数年来，不知何来如许愁苦？纵不思乡，岂无他愁？大而宇宙生命之谜，国家社会之忧，小而一己之身世，何莫非日夜啮吾心脏以逼我入于死之门者哉！曩者童稚，不知哭泣，近则动辄“冷泪盈眶”，吾亦不知其何自来也。

近方作《昌黎诗论》，唐代六大诗人之研究之一也。义山研究迄未脱稿，已牵延两年之久矣。今决于暑假中成之。家中《义山诗评》四本请速寄来，勿误勿误！工部诗云：

> 千秋万岁名，寂寞身后事。

我诚知攫取名誉非难事也，然今亦已看穿矣。顾犹孜孜于著述者，非求闻望，借以消磨岁月耳。

家中不另作书，借此恭请

阖室全安！

兄一多问好

四月八日

此为支字第一号

拟迁居，通信暂寄

Mr.T.Wen

C/o Mr.C.Y.Chang

33 Snell Hall

University of Chicago

Chicago, Ill

U.S.A.

以后信可由弟处寄，不必由南京寄。五哥有信先寄弟处，弟加封寄美为便。

希望中国学生多为有血性者

致家人（一九二三年五月七日）

驷弟转

阖家公鉴：

久未得乡音，家中近均吉否？念念。我近日身体极健，饭量大增，惟吃起来总怕吃多了，不是怕伤胃，乃是怕到月底……说起来真好笑，堂堂留学生还怕没有饭吃呢。现已迁居，房租略贱。同居者仅钱君耳，近来没有文学的作品，因学校功课甚忙。美术亦大有兴趣也。

昨晚此间中国学生开国耻纪念会，到者亦不甚多。我处处看到些留学生们总看不进眼，他们的思想实浅陋得可笑。前不久此地有个山东的学生，姓孙的，因功课作不好，丧气投湖自尽。遗书即谓明知自杀之非，但自观脑经薄弱，学无所成，将来定无益于社会，不若死之为愈也。此事闻之者孰不酸心！然我诚希望在此中国学生多有如孙君若是之血性者，中国庶有望也。

久不尝中国茶，思念至极。此处虽可买，然绝无茶味也。今夏来美同学经沪时，望托带泰丰罐头茶叶数罐。如一人不便携带，即托必经芝城者数人若孔繁祁、方重、吴景超、梅贻宝或顾毓琇者皆可也。此事驷弟可请十哥代办。又驷弟在沪应知最新出版物甚悉。遇有新出之诗集，确寄来一阅。《创造》第五期应已出版，望亦按时寄来为要。

家信太难得见。此事有解决方法否？必需我自己多写信回来诱钓，那我写信亦不少矣，何报酬之稀哉？不多谈。耑此敬请

父母亲大人金安！

阖家均吉。

骅 自美芝加哥寄

五月七日芝字第三号

恭祝母亲万福金安

致母亲（一九二三年五月十三日）

今日为此邦之母日，子女皆有礼物奉赠母亲。且各于衣襟攒上一鲜花，以示孝思。母在者花色红，母亡者花色白。今日居停主妇推户而入，笑容可掬，延男与钱君观其女所遗之花朵及贺帖。是时男寸心怦动，而慈颜远隔感可知也！归而书此，恭祝母亲万福金安！然花不可寄，贺帖亦不适用。（贺帖书吉语或短诗数句，可由坊间购得，但皆为英文，故不适用）。居停知男为诗人，嘱男自为一诗，奉遗吾母。顾吾作诗即佳，能胜古人？爰录孟东野《游子吟》以表孺怀：

慈母手中线，游子身上衣。临行密密缝，
意恐迟迟归。谁知寸草心，报得三春晖！

然男更有礼物丰于一切礼物者，则近日有两友见男，一曰“你长胖了”，一曰“这里几个人，只有你面多血色”。男以赤色书此，一以表吾母之寿，犹美国人之佩赤花然，一以示男而之血色，庶吾母观此书，犹对男面耳。书毕复以俗语祝吾母“寿比南山”！

男 多 自美国芝加哥叩禀

五月十三日，即此邦之母日

速寄书来

致闻家驷（一九二三年六月十四日）

驷弟：

沪字第四号顷收到。我既云移居，何以来信又寄旧处？糊涂至此！前函已告你新住址，兹再列如下，望注意：

Mr.T.Wen.
5601 Blackstone Ave.
Chicago, Il1.
U.S.A.

前函称《创造》二卷一号已出版，何以至今不见寄来？我嘱你办的只此一事，尚不能应时照办乎？十哥若在沪，望速函请寄一本来，不然，有朋友在沪，亦当托办。因我拟在此杂志中多投稿，必欲先睹新出各期以为快。俟你到沪后，则再订一全年，由该书局直接寄美，以免你们自寄容易忘却也。你若再忘办此事，则我将直接寄钱与书局订购，但我想该不致必出于此举！从前各期皆十哥经手寄来，此款已付清否？计自第二期至四期（二本）共四本，实合洋一元六角，望查清付还为要。二卷一号确火速寄来，千万，千万，千万！

美校今日毕课，本年成绩已开展览会，其中我颇有作品。暑假学校在两星期后。

札记以后当停作。因以此时间读书，获益更多也。札记之用乃在：（一）养成批评精神，（二）练习作文。据我看来，你近来写信及札记中，文词畅达，间亦有美丽之词句。如此，则作文之练习并非你的亟务。至于所谓批评精神者，无非就是“学而不思则罔”的“思”之意耳。据我又看来，你已经会“思”了。于今你的缺点乃差近于“思而不学则殆”。读书甚少，仅就管窥蠡测之智识，“思来思去”，则纵能洋洋大篇，议论批导，恐终于万言不值一杯水耳。例如本次札记所谈老子哲学，固见思力，但此种问题，我尚望之却步，况吾弟之初学，岂能必其言之成理乎？此种见解存之脑中可也，笔之于书则不值得。故目下为弟之计，当保存现有之批评精神以多读书史，所谓“学”与“思”并进也。至于“述而不作”，孔圣犹然，吾辈则第当“思”而不“述”耳。

前函又言读书甚慢，此非好习惯，当求打破。凡读文学书，如小说、诗词等，不妨细读，反复吟咏，再四紬绎，以深领其文词之美。若读哲史或科学则当速读，但观大意，不求甚解，即把捉其思想而不斤斤于字句之穿凿也。此办法本并行不悖，但弟所切需者速读耳。

来书又问读旧书从何下手。《清华周刊》中有梁任公先生一文论此甚详，参看可也。杂志除《创造》外，若《学艺》《东方杂志》《民铎》《改造》亦宜多看，以求得普通知识。从舒弟学英文及社会科学甚佳，当努力。

泽霖、努生二友今日来芝，书毕即往晤谈。草此并问近好，兼请

双亲大人暨全家福安！

乡间又恐旱，确否？

兄 一多 覆言

六月十四日

芝字第五号

寄居外邦，情何以堪

致家人（一九二三年七月二十日）

前上一函并相片，谅已收到。近来人事无恙，可以告慰也。舒弟谅有《清华生活》带归。望驷弟将《园内》誊录一过，并附致成仿吾一函，寄创造社为要。《园内》现有更改处，另列于后，驷弟录此时，可参阅改正。钞录时望注意标点、分行等事为妥。《义山诗评》及《创造》等等皆收到，除另函报告十哥处，并此附闻。

本年在美术学院因各门成绩均佳，遂得最优等名誉奖。前函忘却提及，盖余并不引此为荣也。前在家中曾言及美国各校有咨派优秀学生往巴黎、罗马之例。今始知此校虽有此例，而仅限于其本国人，故余已绝望矣。今此等名誉奖乃不值钱的臭东西，送给我我还不要呢！然于此更见美人排外观念之深，寄居是邦者，其何以堪此？附与舒弟函祈转交。

肃此敬请

双亲大人 金安并问

全家安好？

多 敬叩

七，二十日

闻氏子孙皆应留心中文，先后相袭

致闻家驷（一九二三年九月一日、十二日）

驷弟如见：

此信到沪，计弟已来校。接读后望速转家中，因未另作书也。八哥已于上星期到芝，现与我同居。他拟下年即在芝校肄业。如昭瀛、景超两友亦来此，则同居起爨，否则或与我同寓。起爨之举，自能节省经费。但我因上课往返须坐火车，冬日冰雪积地，跋涉为劳，宜近车站而居，彼等则求近芝校校舍，故我不能加入也。然彼等若肯牺牲求一折中之地点，则我亦未始不愿相从也。此事无论如何，非旦夕能定者。当俟赴麦城夏令会晤景超，再作道理。此间暑期学校已毕，诸友皆先后离芝赴麦。八哥明日偕努生前往。我后日搭逖生汽车同行，夏令会期约长一周，会后又有新清华学会成立会，故在麦须勾留旬余也。

前五哥来丽暨忠、勋、珠、鉴等所作功课均收到。诸侄甥皆有天资，此后宜善为教训，不难成就也。我自来美后，见我国留学生不谙国学，盲从欧西，致有怨造物与父母不生之为欧美人者，至其求学，每止于学校教育，离校则不能进步咫尺，以此呈赚得留学生头衔而实为废人。我家兄弟在家塾时辄皆留心中文，先后相袭，遂成家风，此实最可宝贵。吾等前受父兄之赐，今后对于子侄亦当负同等责任，使此风水继不灭焉。吾意忠、勋在省垣当然非长久计，但在其未离省之前，瀚兄可以相随。父亲大人又能不时晋省监察，则于此时，索性多多注重中文，鄂省之洋文、算术等等无论如何不可靠，即稍放任，无大关系。若诚失之于英、算，而得之于国文，终非虚掷光阴也。但鄂垣非教育子弟之所，已不成问题，而南京为全国教育最可靠者亦渐成公认之事实。故明秋去鄂就宁，最为不二之上策。至于经费方面，为时尚宽，届时当有解决也。

我近来计算本年除经常用费外，所省亦不在少数。寄归五十元，借繁祁二十元，买书九十元，买留声机二十元，合计亦将近二百之数。本年与八哥同居，希望成绩较佳。全年定有七八十元接济家中。余款仍当作书籍费。饭可吃坏点，书籍不能不买个饱也。

弟在震校[①]几时可入正科？在预科时普通知识切宜广博。国学亦当注意。札记颇耗时间，如读课外书时少，即暂停札记亦可。如有新意，不忍忘却，仅记其大意可耳。

八哥本年学问大进可惊。长此进行，定成一真正学者。特此附告，用以相勉。顺问近好，并请

双亲大人及全家福安！

多 自芝城手启

九月一日

①即“震旦大学”。

近见报载有陆侃如之《屈原评传》出版，望寄一本来看看。

芝宇第九号
前函复忘识号数，当作八号
（看反面）

此信乃往麦城前所写，置桌上，忘却付邮，归时始发见，则已过两星期矣。现拟往科泉与实秋同居。科泉[①]离此需一日之旅行。我行期约在一星期后。科泉有美术学校或不及芝校，然与实秋同居讨论文学，酬唱之乐，当远胜于拘守芝城也。在麦城与吴、孔、梅诸君相晤，托带诸件俱收到。

实秋信言沫若已允赠《红烛》酬资八十元。然十哥函称未定，不知何故。请转告十哥代询为要。离芝前当另有函来，余不多白。函件由八哥转交。八哥通信处为

C/o Mr.1.C.Wen
5611 Drexel Ave
Chicago, Ill
U.S.A.

九，十二

① 与后文“珂泉”同。

转学珂泉

致闻家驷（一九二三年九月二十四日）

驷弟：

阳八，廿二自家寄来一书已收到。第七号既未收到，当遗失矣。日久，书中所述不可忆，想无要事。

我现已在珂泉，离芝城远如北京至长沙，车行首日早十时起，次日午后二时至。珂泉为此邦名胜之区，有曼图山、裴客峰、神仙园等胜景。夏日为避暑之地，气候全年皆如春日。地势既高，空气绝佳，故又为养疴之所，盖如我国北之香山，南之庐山也。

珂泉有大学，美术学院附属焉。此美术学院规模极小，逊芝院远矣。我之来此，固因不奈于芝城生活。在此休养一年，拟再行东往波斯顿。清华同学在此者，实秋而外，有盛斯民、王国华、赵敏恒、陈肇彰四君。我现与实秋同居。每月房饭费五十元。房饭较芝城佳甚矣。在芝城时系在饭馆用膳，此处不作兴如此，乃与房东共食也。房东老夫妇甚惠谨，待遇我辈颇厚。

总之此来，于美术所获或较歉，然于文学之创作，能与实秋相砥砺、相酬唱，成绩必佳也。且此处胜地佳景，得与自然相亲，其所启发者亦必多。又在芝城镇日呼吸煤烟，涕唾皆黑；在此庶得呼吸空气，澡浴阳光，其于摄生裨益亦不浅。

来信疑“衍”字误，可笑，可笑。吾弟得勿“见骆驼言马肿背”乎？“衍”繁也，过多也。若曰某字衍，犹言某字当删去也，校书时某字当删曰“衍”，某字当添曰“脱”，此为校书者之专门名词。试参之字典当知之，胡遽疑我误耶？其他所改皆无误。《红烛》据实秋云目下当已出版，酬资八十元，已托十哥领取，不知到手否。泰东本窘甚。沫若等为文亦无规定之价格，惟每月房饭钱向泰东支取，尚不及百元。故目下彼等不能支持，皆有离沪之意。沫若返四川或东渡行医，仿吾往北京，达夫返浙江。如此则《创造》季刊大有停版希望。此次实秋经沪时，彼等欲将编辑事托我与实秋二人代办，实秋未允，实秋已被邀入创造社。我意此时我辈不宜加入何派以自示褊狭也。沫若等天才与精神固多可佩服，然其攻击文学研究会至于体无完肤，殊蹈文人相轻之恶习，此我所最不满意于彼辈者也。

函询彼等专门学科为何，沫若为医学，仿吾为工程，达夫为经济，其对于各专门之诣造殊不深悉，然其文学之成绩皆卓然可观，不待言也。弟有志东渡，此诚善策。恐地震之后东京难复旧观，教育所受影响如何，不可必言也。然目下努力预备，百无一失也。

如今青年辄多“世纪末”之烦闷，此事之无可如何者也。然而吾弟当知宇宙虽多悲观之事，可乐者仍不少也。此志尚存，将反抗丑恶，一息不懈，亦一乐事也。

余续白。新通信处如下：

Mr.T.Wen

720 N.Wahsatch St.

Colorado Springs, Colo.

U.S.A.

顺问 五哥近好 敬请

双亲大人暨全家福安!

一多 手启

中秋前一日

世间诚有比金钱更重要者

致闻家驷（一九二三年十月二日）

驷弟：

沪字第七号已收到，慰甚慰甚。前寄回一函复忘识号码。该函乃中秋前日作，当为珂字第十号。此第十一号也。《红烛》计已出版，稿费已取来否？家中疑实秋，殊是笑话。前次印《冬夜草儿评论》，实秋曾用洋百元，其后出售书费亦未收到手。对于此事，我未费一钱，自思颇有些不好意思。好在印行彼书，并非我的主张，全属实秋之意也。我之印行《红烛》岂在金钱？家中竟从中生事，我甚不满意。设或被实秋知破，岂不大失面子？总之应得之金钱，我并不贱视，家中之不能不汲汲于金钱，我亦能谅解。惟目下我辈欲借文字作生涯者，有比金钱更重要者在，不能不留意也。

来珂泉将两星期矣。此间若论习画殊不及芝加哥，故拟于此年多读书——西洋美术史及美术之原理。此于将来做工夫上有益，且当教习时又多一科目可教也。从前我想注重文学，以美术为副业，故拟早回中国。如今习画越久，兴趣越深，而野心亦越大。我欲在美术上大努其力了，五年之期还嫌太少呢。故从前三年回国之意恐有动摇。此意暂不必告家中，恐双亲不乐也。且或者将来计划变更，能够早回，亦未可知。总[1]归家迫于情绪，留学出于理智，情绪与理智之永相牴牾，此生活之大问题亦即痛苦之起源也。这种痛苦我们微弱的人们只好忍受着而已。《繁星》我已有一部，《春水》可以寄来，两书想系商务出版。他人的出品无足观，寄不寄无关系。望注意《少年中国》中若有田汉作品时可寄来。当今诗人郭沫若、田汉、徐志摩颇可观，此外无人也。

顺问 近好

兄 多言

十月二日

① 应为"总之"。

自强不息，时相督责

致闻家驷（一九二三年十一月五日）

驷弟：

月余未接家信，八哥亦然，不知何故，念甚念甚。我到珂泉以来，生活甚佳，较去年在芝加哥不可并论矣。吾等暇时谈论文学，谈毕辄得一种新计划，然后即着手进行，时相督责，以“自强不息”相儆。明年三月为英诗人拜伦百年祭辰。我等已函邀郭沫若使《创造》为拜伦出一纪念号。我与实秋正从事翻译，忙甚，日无暇晷也。

此地天气较往年稍冷，然比之芝加哥胜远矣。前曾两度下雪，然不数日即融化无遗。现则晴和如初春焉。

此处有一自费生霍君，英文程度不够，径来此读书，现在功课皆不能及格。他人每小时读书至少二十页，彼则两页耳，盖生字过多，不能不查阅也。吾等看此甚不过意，故约他来我寓所补习。此君甚忠厚，因在青年会做事不善英文，受刺激，遂发愤离弃妻子，来外洋学英文。其志可嘉，其策则下矣。

弟近来生活如何？功课作得有兴味否？家中近有信来否？二哥三哥现在何处？双亲大人均康健否？甚念。望告我为要。两妹及孝贞读书仍继续进行否，弟宜时写信相勉。诸侄读书进步如何?

诸不多白，专此顺问

全家福安。

骅 自美寄

《渡河》及《海上棠棣》均收到。《渡河》颇有佳处，《海上棠棣》则一文不值。《创造周刊》由泰东送阅，以后不必寄了。

珂字十二号 十一月五日

我之长短固自胸有成竹

致闻家骥（一九二三年十一月三十日）

二哥：

由驷弟转来广函，顷收到。不通音问，一因懒，一因有书抵家中，谅得披阅也。二嫂是否在省，省寓地址为何？暇望示知。兄近来行迹亦不知在何处，近觅得栖身一枝否？吾人毫无凭藉，以匹马单枪入社会与人竞争，成功乃幸事，不成亦不足怪也。惟各自努力，服公求学，以得少许良心之慰藉耳。世间固无公理。昨与友人梁实秋谈，得知郭沫若在沪卖文为生，每日只辣椒炒黄豆一碗佐饭，饭尽犹不饱腹，则饮茶以止饥。以郭君之才学在当今新文学界应首屈一指，而穷困至此。世间岂有公理哉？

《红烛》行世后，亦不知受人注意否。然我亦不介意于此，我之长短固自胸有成竹也。近课暇常作文寄沪宁各杂志报纸发表。第二诗集拟明夏出版。此近来文学生活梗慨也。美术方面，兴趣固亦日深一日。今年由芝加哥迁珂泉，得于学理方面加以较精细之研究。明夏拟往纽约，专事实习。惟是“学然后知不足”，严格而论，五年习画，所得无几。今幸得五年之机会，抛弃可惜也。前在家曾约定三年归国，以目下情形观之，恐不能不蹈食言之罪。此事双亲大人闻之定不乐；然兄等当能原谅也。幸为两大人曲谕详解以释慈怀。留学苦况，一言难尽，弟之不欲早归，岂得已哉？此意谅能晓也。

闻忠、勋皆不近算术。此在初学时仍不当放松，惟教之者必善为诱掖耳。二侄将来纵不入实科，然习文科者普通知识亦不能缺也。弟因不曾习三角与立体几何，亦不敢再习，故不能得学位。攻美术者固不在乎学位，然我若于数学稍有根柢，取一学士头衔，易易如拾草芥耳。盖以弟目下之成绩，其他学科皆绰绰有余裕，独于数学则绝不敢问津，此亦憾事也。以前清资格论之，我将终身为一童生而已。草此顺问，近好？

弟 骅谨上

十一月三十日

牢骚发得太多，自己亦觉无味

致家人（一九二三年十二月十日）

驷弟、五哥转阖家：

我的通信处现在又改了，如下：

T.Wen
31 Hagerman Hall
Colorado College
Colorado Springs, Colo.
U.S.A.

此处为科罗拉多大学之寄宿舍。房租每月七元。从前寄寓人家每月十五元。我与实秋皆来此，并自己做饭。我们买了一个电气炉子，费美金八元余。拟每日至少做一餐饭。算来如此每月只需钱二十元。若更宽算与房租合计亦不过三十元，比从前少二十元。自己做饭既可省钱又可吃到中国饭，此大乐事也。实秋稍知烹饪。我们渐用经验试做，可以炒鸡蛋，可以炒白菜，炒肉丝等等，虽不能完全成味，然猪油酱油调配起来，离家乡味亦不甚远。我们初次试验成功，竟拍案大叫“在异国得每日食此，真南面王不易也”！

前寄归珂字第十四号并寄二哥信，收到否？前得八哥书言家书称家乡近多匪患，不知近日何如，念甚念甚。望家人大发慈悲偶时赐我一字消息。远人怀念家乡，人之常情，岂无人喻此哉？驷弟近亦疏懒异常，前八哥函称你只在十哥函后附识一语，光阴岂宝贵如此哉？二哥函竟置半月余不发，发时亦仅附短纸草草数语，绝不提家中情形。四嫂逝世，如此消息，我绝不知闻，至八哥转告，始得知耳。牢骚发得太多，自己亦觉无味，好了，不讲了罢！

一星期后即为圣诞节假期。假长约三星期。届时有暇当作函述此邦最要之时节之风俗。诸侄年假回家务嘱修函寄来一阅进步何如。二哥函称十六妹能作诗，亦望抄来一阅。十六妹之不通常识世故颇有类于我，其能诗或亦将类我乎？勉之勉之！

此间前晚曾大雪，然不甚冷。今早日光和暖，房檐冰柱溶化淅沥成响。去年在芝加哥不曾见冰柱。曩岁在北京亦绝少见。今见此，忽忆在家乡新年时情况，不觉悲从中来。此函寄到，当近新年矣。……书至此，不堪设想矣！谨此敬请

双亲大人 金安 并问

全家安好。

骅 上

十二月十日

学生时代交友乃一大事

致闻家驷（一九二四年一月八日）

驷弟：

沪字九号已收到。八哥来函谓家书称我家被窃，损减何如，我亦未得家书，不知真相。家中近来平安否？母亲大人入冬复发旧疾否？二哥近来有何消息？望示我为盼。

我自搬入寄宿舍，颇不寂寞，因此处住中国学生及我有四人。我与实秋自作烹饪，手段日有进步，其他中国朋友来此辄为垂涎，殊可笑也。

本学期将告竣。回忆来此半年，精神上较在芝加哥实为平妥。然可怪者则虽与实秋同居而文学之创作反甚少。在功课上成绩颇佳，其为教员重视。可以告慰者止此而已。

你的信中言今年颇注意运动，此诚为急务。但有暇即当养成浏览书报之习惯，不可与友辈闲谈送日也。以我之经验，在学生时代交友乃一大事。不如己者，若我能辅之以进于善则诚为最良之服务精神。若明知自身才力不足以助人，则毋宁绝之。勿为情面所碍而与之周旋也。

关于选科事尚有一年之久，容后再论。目下务求得普通知识为要。医学尚有内科。如不敢解剖则专门内科可也。草此顺问近好？

兄多言

一月八日

《星空》望仍寄一本来。

珂字第十六号

家与国乃不可推卸之责任也

致家人（一九二四年六月十四日）

五哥转阖家大鉴：

宁字第一、二号均先后收到。久不闻家音，信到，徒益增人魂魄悸动。宿常援哲学思想，揣测人生意义，已定为悲观多于乐观。近客处异国，目击身受，凡涉于国家、社会、家庭以及个人之经验，莫不证明所谓生活，乃不断之悲哀而已。知生活为悲哀，为苦痛，而犹不能自弃绝，悲之尤大者也。

我近状如常。无善可述。学校大考已毕。此校今年中国人得学士学位者六人。我亦得毕业证书，习美术者不以学位论也。前月举行成绩展览会，以我之作品为最佳，颇得此地报纸之赞美，题意可译为“中国青年的美术家占展览会中重要部分云云”。

驷弟久无信来。想此书到时，当届暑假。望将本年学业进境作书为我述之。忠、勋两侄信均收到。忠侄之作文胜于书信。二侄似不知书札为何物。书札不仅为道平安、叙寒暄，千篇一律之刻板文字。书札中可以发议论，亦可以记事迹。如此则其内容可以有变化，且可以增篇幅。望教二侄以此法，令其再各作一长书来。且各信中所报告之消息不当雷同。为侄辈之教育起见，我亦当早日回国。惟观目下情形，恐难如愿。美术之为学，其功难就而无穷，惟有宽以岁月以俟效耳。我辈定一身计划，能为个人利益设想之机会不多，家庭问题也、国家问题也，皆不可脱卸之责任。若徒为家庭谋利益，即日归国谋得一饭碗，月得一二百金之入款，且得督率子侄为学做人，亦责任中事。惟国家糜巨万以造就人才，冀其能有所供献也。今粗得学问之毛，即中途而废，问之良心，殊不安也。近者且屡思研究美术，诚足提高一国之文化，为功至大，然此实事之远而久者。当今中国有急需焉，则政治之改良也。故吾近来亦颇注意于世界政治经济之组织及变迁。我无干才，然理论之研究，主义之鼓吹，笔之于文，则吾所能者也。客岁同人尝组织大江学会，其性质已近于政治的，今又有人提议正式改组为政党，其进行之第一步骤则鼓吹国家主义以为革命之基础。今夏同人将在芝加哥、波士顿两处开年会即为讨论此事也。

我辈得良好机会受高深教育者当益有责任心。我辈对于家庭、社会、国家当多担一分责任。诸侄暑假归家时，驷弟当教其读报纸，且将社会种种不平等情形，政治现状如何腐败，用浅近语言告之。在品行方面，家长犹当严责。如说谎、自私等恶习当严禁其滋长。

家中近来平安否？二哥往江西后有何发展消息？望细告我为盼。

忠侄作文用钢笔墨水誊写，此有二弊，一不能长进书法，二近于洋习气也。此当禁止。诸侄当令其每日习大字一纸，小字一纸，一如我辈往日在家时做工夫之惯习。又当教其读诗做诗。忠侄喜作画，只当鼓励，不当禁止。每日又当有讲经一课，讲四书

（不可讲五经）只须明其意义，不必背诵。尤当择其易于实行者鼓励诸侄实行之，如“有事弟子服其劳，有酒食先生馔……”等等是也。奉此敬请

双亲大人及全家福安！

一多

阳六月十四日

纽约之繁华为人梦想所不及者

致家人（一九二四年九月二十三日）

驷弟、五哥转阁家共[1]鉴：

在纽约住址如下：

Mr.T.Wen
International House
Riverside Drive
New York City
U.S.A.

函件寄来此处无误。此处乃公寓性质，名称可译为“万国公寓”。房屋及设备皆美国豪富煤油大王劳克非洛所捐助者。意在招待各国青年学生，以促进世界大同之情谊。故此中寄寓者美国人甚少，外国人居多。中国学生在此者几达百数，其外有日本人、菲律滨人、印度人、俄罗斯人、小亚细亚人、西班牙人等等，形色色之人种无不备有。此房屋乃新完工者，一切器具皆崭新。房租每星期六元，在纽约亦不算贵。寓中有饭馆，有洗发店、理发店、裁缝店、杂货店，俨如一独立之小社会然。美国人

① 宜为“公”。

之组织力洵足惊人也。

公寓中清华同学亦达十余人，然人多品杂，堪与为伍者亦寥寥耳。新交中有张君嘉铸者，亦曾在清华肄业二年，后由自费来美。张君之文学美术鉴赏力甚高，敦敦[1]好学，思想亦超凡俗，有乃兄张嘉森（君劢）之风。银行家张嘉墩亦系嘉铸之兄，张氏可谓当今之望族也。嘉铸之嗜好在文学、美术，然非专攻文学、美术者。察其意颇欲以搜罗人才、鼓励文化为事业，如梁新会及乃兄君劢先生之行事者。故其于在美之好学之士中交游甚众，而于好文学、美术者，以其性之所尤近，则尤之致意焉。当今为趋势骛利者之世界，习文学、美术者辄为众所轻视，余能得如张君其人者而友之，宁非幸哉！

纽约之繁华为人梦想所不及者，在天空者有高架电车，架铁为桥，高出屋顶，车行其上，可通全城。在平地上者有电车，有汽车，络绎不绝，夜以继日。在地心者有地底电车，于街道之下，河流之下，穿土为隧道，行电车其中，五分钱可通行全城。围城有火车，河上有轮船。交通如此之多，而行人之拥挤犹数百倍蓰于上海。来此半月矣，尚未见一层之房屋，十层楼者常事耳。最热闹处，夜间缀电灯为招牌，瞬息百变，异彩夺目，真所谓“不夜之城”也。

八哥接家书时，秋伍洲堤犹未决，目下不知如何。江浙战争，沪宁两处人受惊否？从纽约一转而谈及故国事，如坠千丈之岩，感慨曷可问哉！专此敬请

双亲大人及全家福安！

骅书于纽约万国
公寓九层楼上
阳九月二十三日

---

① 应为“孜孜”。

正式加入新月社

致闻家驷（一九二五年八月十一日）

驷弟：

北来主张甚是。北大旁听生亦须经考试。本年考期约在阳历八月二十几，或者还较迟点亦未可知。考试章程尚未公布。查得消息仅此而已。今日为八月十一日。弟若须先赴申，绕道北上，则时日亦甚迫促。望接信马上起程为是。

徐志摩约今日午餐，并约有胡适之，陈通伯（即现代评论上署名西滢者）、张欣海、张仲述、丁西林、萧友梅、蒲伯英等在座，讨论剧院事。近得消息谓萧友梅（音乐家）与某法国人募得四十万资本，将在北京建筑剧园。故志摩招此会议，商议合作办法也。

我等已正式加入新月社，前日茶叙时遇见社员多人，中有汤尔和、林长民、丁在君（话间谈及舒天）等人。此外则北大及北大外诸名教授大多皆社员也。新月社已正式通过援助我辈剧院之活动。徐志摩顷从欧洲归来，相见如故，且于戏剧深有兴趣，将来之大帮手也。

家中均吉否？迁居武昌计划有实现之必要否？

母亲大人旧疾复作否。念甚。

兄多上

八月十一日早

恢复美专亦不难实现

致闻家骢（一九二五年八月十一日）

三哥大鉴：

今早寄来快信一件想已入览。顷自新月社归来，关于筹划剧院事已有结果。书此报告，以释悬念。

□[①]昨日到会者有徐志摩、胡适、张欣海、蒲伯英、邓以蛰、丁燮林、陈通伯以及萧友梅。萧君已筹得可靠款项二十万元，拟办一“国民剧场”。萧之专门为音乐，正缺艺术人才，故以得遇弟等为至幸。弟等所拟计划与彼等之计划大同小异，故今日双方皆愿合作。照此看来，剧场事业可庆成功矣。

又有可喜消息：则今日席间又谈及北京美专事，同人皆谓极宜恢复，并由本社同人主持其事。故已议定上书章行严，由林长民任疏通之责。大概美专之恢复，亦不难实现矣。

再者北京《晨报》为国内学术界中最有势力之新闻纸，而《晨报》之《副镌》尤能转移一时之思想。《副镌》编辑事本由正张编辑刘勉己兼任。现该报拟另觅人专管《副镌》，已与徐志摩接洽数次。徐已担任北大钟点，徐之友人不愿彼承办《晨

①原信件此处有缺失。

副》，故徐有意将《晨副》事让弟办理。据徐云薪水总在二三百之间，大约至少总在百元以上。今日徐问弟：“谋到饭碗否？”弟答“没有。可否替我想想法子？”后谈及《晨副》事，又向弟讲：“一多，你来办罢！”弟因徐意当时还在犹夷，不便直接应诺。容稍迟请上沅或太侔向徐再提一提，想不致绝无希望也。刘勉己与弟已有来往，昨日来函约为特约投稿员，稿费每千字在二元以上。刘初次遇弟时，甚表敬意。刘亦属新月社。大约弟担任《副镌》，刘之方面亦不致有异议。此问近好？

弟骅上

八月十一日

目下尚无危险，遇事仍需谨慎

致赵秀亭（一九三七年八月九日）

赵秀亭知悉：

最近来信二封，均已收到。二四两少爷亦已到家，得知园内平安，甚喜。所寄之书尚未收到，但想不至失落。目下邮政既通，汝所搬去之黑皮箱，可设法打开，内有金戒指一对，金字四个，小银角子若干，水晶图章三个，玉图章五六个，银颈圈一个，玉牌二块，汝可收起，妥为保藏，其余衣服一概寄来。此外所需衣物，名目见另纸，亦可寄归。赵妈夹衣棉衣亦寄归。箱上之锁可设法扭开。今由金城银行汇来国币贰十六元五角（又赵妈寄来五元共三十一元五角），内六元五角是汝九月份工资，其余可用作寄衣邮费。赵妈在此甚好，一切汝可放心。汝在园内，目下想无危险，但遇事仍须谨慎。俟平汉车通后，或我等北上，或汝南来，再作打算。钱若不够用，可写信来，以便再汇。

多示

八月九日

如孙先生处方便，家中一切能移动之物件，除能寄归者，统搬往孙先生处，汝即暂在孙先生处伺候，工资仍由我付。

书籍已另有信给孙先生，请他来搬往城内。其中有一部分须寄来者，请孙先生检出后，汝可料理寄出。前所寄来之书，尚未收到，汝可开明物件数目，付邮日期，及发件收件人姓名，往邮局一问，是否失落。

皮袄三件　毛绒衣全套（裤挎坎肩）　大衣四件　皮帽四顶（大弟等用）　以上在双锁大樟木箱内

大弟二弟
卡其布裤挎　六套　丝棉袍一件
三弟

夹袄太太三件　线绒小裤挎六套

大弟　小弟大妹
夹袍　二件　棉袍　三件
二弟　小妹

以上在红皮箱内

太太及大弟等之皮鞋择较新者寄来

以上在小屋及网篮内

棉被套子（棉花不要）及被单

棉被在木箱内被单在小屋内　又黑毛毯子大概在柳条箱内

孩子们，要听妈妈的话

致闻立鹤、闻立雕（一九三七年十一月二日）

鹤雕两儿：

昨天寄回一信，想已收到。盼望你们来信，到现在还是没有。小小妹病究竟好了没有？小弟大妹好否？鹤儿身体有进步否？雕儿读书用心否？我无时不在挂念。我明天搬到衡山上去。衡山又名南岳，所以那边有一镇市名曰南岳市。你们写信可以写“湖南南岳市临时大学文学院”。昨天这里有过一次警报，但敌机并未来。南岳离长沙一百余里，汽车行三四小时。那边决无空袭的危险。你们都要听妈妈的话，千万千万。

父字

十一月二日

云彩从我们身边飘过

致闻立鹤、闻立雕、闻立鹏、闻名（一九三七年十一月八日）

鹤雕鹏名：

我们现在住的房子，曾经蒋委员长住过，但这房子并不好，冬天尤其不好。这窗子外面有两扇窗门，是木板做的，刮起风来，劈劈拍拍打的响声很大，打一下，楼板就震动一下，天花板的泥土随着往下掉一块。假使夜间你们住在这样一间房里，而且房里是点着煤油灯，你们怕不怕？这就是现在我所住的房子。但是这里风景却好极了。最有趣的是前天下大雨，我们站在阳台上，望着望着一朵云彩在我们对面，越来越近，一会儿从我们身边飘过去，钻进窗子到屋子里去了。中国古时，管五座大山叫五岳，中岳嵩山在河南，东岳泰山在山东，北岳恒山在河北，西岳华山在陕西，南岳衡山在湖南，就是我现在所住的这地方。古人说游山若游遍五岳，便足以自豪。我从前游过泰山，现在又住在衡山上，五岳中总算游了两岳。

十一月八日父字

这封信，鹤雕两人看得懂吗？如果你们喜欢这样的信，以后我可以常常这样写。可是这些信，你们要好好的保存。

汝等宜早回乡为妙

致闻立鹤（一九三七年十二月十一日）

鹤儿知悉：

汝母四日及汝三日所写之信，今已收到。我在此间有许久未见报纸，故武汉情形，完全不知。近数日来始稍得消息，闻武汉人心颇恐慌，政府并且劝令人民搬下乡去。似此情形，则汝等自宜早些回乡为妙。伯伯、三伯叫你们回去，必因你们人口甚多，而且都是妇孺，万一时局更紧张起来，定难照顾。至于他们两房不但人少，而且差不多都是大人，所以比较不要紧。十月份薪水条子，昨日才寄到。但我又已经将图章交给叶先生，托他在长沙去领去了。我曾托叶先生代寄一百元回来，如果他能领得现款，想不久你们定可收到。这次仍旧是寄给三伯代收的，因为我不知道你已经刻了图章。这一百元中应给外祖母二十元，还细叔二十元，算起来所余并不多，汝可告汝母减省点用，因为这次发了薪水，下次不知道又要等到何时才能发下。近来我军战事不利，我们人民真正的难关快要来到，我们都应该准备吃苦才对。你同你母亲都不愿回乡，这是不对的。你们回乡，不但生命可以安全，使我放心，并且可以省些用度。我看，一等钱寄到，你们便应回去。目前不妨把东西陆续收拾起来。学校定明年一月三十一日起，放寒假一星期，届时我回来看你们，再请假一星期，在家中多住几天。雕儿功课太坏，我很担心。或者回乡去有祖父监督着，还可以多做点功课。总之回乡以后，你们不至有什么不方便，一切的事，你们可向祖父说，祖父自然会有安顿。至于我在这里生活现在很好，饮食及一切都改良了，现在我并不吃苦，你们可以放心。下回发薪水，我就寄到乡下去，外祖母的钱，我直接寄到他们家里去。他们的门牌我忘记了，下次你写信来，务必告诉我。汝母脚痛，至今未愈，我很忧虑，应找医生吃点药，千万不可大意。脚冻了，则最好天天用热水洗一次，棉鞋还要大些厚些，便自然会好。乡下空气较好，房屋较大，易得阳光，你们回乡身体应该好些。这也是我要你们回去的一种理由。你渐渐能懂事了，并能写信，我很快乐。从此你更应用心读书写字，并带领弟妹们用功。如此，你便真是我的好儿子。下次叫雕写信来，看他有进步否。

多示

十二月十一日

家中老幼均好否

致父母亲（一九三七年十二月二十六日）

双亲大人膝下：

学校迁桂林之议，现已作罢，因桂林房屋不敷故也。但近数日来又有迁回长沙之议，现正在磋商之中，一般观察，恐迁移之成分居多。此事对男个人殊有利，因自南岳至长沙交通不便，不但旅行困难，即邮递亦太迟滞也。此间上课情形不比寻常；教员请假他去者往往一去数星期。男拟迁回长沙后请假回家一看，但不知由武汉至巴河之交通情形如何耳。男妇来信云与三嫂同行返乡，目下不知已到家否。前寄百元至省寓请二哥转呈大人，不知大人已收到否。闻校中经费并不困难，但能继续上课，薪金谅不成问题，所愁惟在时局更趋恶化，学校须根本解散耳。乡间近来安谧否，家中老幼均好否，两大人入冬康健否，并家中一切情形，祈嘱令侄辈写一详细信来，以慰悬念。鹤雕两儿务当严格做功课，祈大人严加督责，是为至祷。肃此敬请

福安

男多叩禀

十二月二十六日

决定立即回家一看

致父母亲（一九三八年一月三日）

双亲大人膝下：

前上一禀计已达到。文学院决迁回长沙。男与同事三数人因有蒋梦麟先生私备汽车之便，已于昨日先行迁回，其余同人及学生至早亦须一星期始能动身，因交通工具尚未觅妥也。临大全校现又有迁云南昆明之议，并拟自购汽车十辆以供运输之用。男恐西迁之后路途遥远一时不能回家，故决定立即回家一看。好在文学院一时不能到此，无课可上，大约请假两星期尚不致十分耽搁功课也。兹定今晚搭特别快赴鄂，因不知由汉至巴间之交通情形，故何日到家现尚难卜也。恕侄已于昨午回鄂，决在武汉找工作。学生离校者甚多，大约愿随校西迁者不过数百人而已。校中实亦不愿人数过多，恐旅行不便也。余容面察，敬颂

全安

男多叩

一月三日

拟徒步入滇

致闻家驥（一九三八年二月一日）

二哥：

此间学生拟徒步入滇，教职员方面有杨金甫、黄子坚、曾昭抡等五六人加入，弟亦拟加入，因一则可得经验，二则可以省钱。今将不甚重要之书籍及皮大衣共一柳条包托人带至亦齐弟处，目下计已带到，请派老韦过江取来，随后再托人带回乡下。此中书籍驷弟皆可用，其余衣物亦以存放乡下为妥。校中本拟发给教员路费六十五元，由香港取道安南入滇，步行者则一切费用皆由校备，不知路费是否照发，若仍照发，则此款可以干落矣。启程日期尚未决定，大约在一星期后，届时再函告家中。顺候

安佳

弟 多

二月一日

借此得一游桂林山水

致父母亲（一九三八年二月十一日）

双亲大人膝下：

前奉两禀，计已达到。校中迁滇路程，分三种：一、由粤汉取道香港，转海防入滇；二、步行经贵阳入滇；三、乘汽车经桂林至龙州，入安南，乘火车入滇。第一线因广州时有空袭，不甚安全，第二线男本有意加入，今复虑身体不支，故决采第三线，此线用费较多，然除校中津贴六十五元外，自担者想至多不过四五十元耳，借此得一游桂省山水，亦殊不恶也。三哥来函云恕侄仍决返校，此举甚是，但不知已首途来湘否。步行入滇者，一切费用皆由校备，恕侄自当加入此种，至滇后，校中对寒苦学生有补助办法，但详细办法现尚未公布耳，万一此举不能实现，恕侄一切男亦可担负也。日前曾汇三百元至二哥处，想不久即可带归，鹤雕等读书事，不知如何处置。出门将近二十日，此事时时在心中，而儿辈竟无只字寄来，殊可恨也。启程日期大约在二月十五六日，届时再行奉闻。敬颂

万福

男 多叩

二、十一

大多数仍知读书重要

致父亲（一九三八年二月十六日）

父亲大人膝下：

前函云乘汽车经桂林赴滇，今因费用过巨之故，仍改偕学生步行。其路程计由长沙至常德一百九十三公里，乘民船；由常德至芷江三百六十一公里，步行；由芷江至晃县六十五公里，汽车；由晃县至贵阳三百九十公里，汽车；由贵阳至永宁一百九十公里，步行；由永宁至平彝二百三十二公里，汽车；由平彝至昆明二百三十七公里，步行。全程约须四十余日。参加者学生将近三百人，教授有黄子坚、曾昭抡、袁复礼、李继侗及男等五人，助教五人，学生由张主席派一师长率领，编成若干队，教员则为辅导团，携有医生护士各一人，无线电收音机一架，图书若干箱，伙夫十余人。张主席赠行军用具如水壶、干粮袋、草鞋、裹腿等数百份，猪五只，教[①]厅长朱经农赠猪二只。定十九日启程，此行可称壮举矣。恕侄至今未到，不知何故，现报到期已过，继续加入须罚洋三十元，即等于路费用备[②]，恕侄不来则

①应为“教育厅长”。

②应为“自备”。

已，来则大吃亏矣。且其他手续是否能办理完毕亦一问题，男前已去函催彼速来，又托饶子离兄带口信，据三哥来函云，彼到汉后须买俄文书，准星期日动身。不知俄文书对气象学有何关系，何以必需买他，真荒谬绝伦矣。前传赴滇学生仅四百人，今则报名者已达九百，可见大多数仍知读书重要，恕若改变计划不来，尤为失策，若仍须来，则势已不可能，缘加入旅行团（即步行者）颇有困难，已如上述，而由粤汉路走，则领取补助费期限已过，路费完全须自备，少则六七十元，多则百元，其他如办理护照等困难尤多，尚非所论矣。自出门来，于今将近一月，未接家信，到昆明须四十余日，此中即有信来亦接不到，此在出门人心上是何滋味！男妇非不知书，儿辈亦略识字，过去亦常通信，何以此次狠心至此！

敬颂

金安

男　多叩禀

二月十六日

通信处

云南昆明国立临时大学办事处

难道我一出门你们就把我忘记了？

致闻立雕（一九三八年二月十九日）

雕儿知悉：

我在家时曾嘱你特别要多写信来。难道我一出门，你们就把我忘记了吗？但我并没有忘记你们，尤其是你们读书的事。你尤其要用心，也不要和小弟大妹吵闹。一切要听爹爹说话。乡里暂时平安，一切我都放心，所不放心的，就是怕你们不用心读书。我今天上船，三天后到常德，再写信回。

父多字

二月十九日

离家愈远，系念愈切

致父亲（一九三八年二月二十六日）

父亲大人膝下：

前上数禀，谅均达览。十九日上船，实际二十日晚始启椗。二十四日抵常德。现定二十七日实行徒步往沅陵，大约须九始能达到。截至目下止，只是乘船，途上并不辛苦。此后步行，不知如何。惟男前在南岳游山经验，一日行八十里，尚不觉疲乏。此次行程，初行规定每日五十里，以后每星期递加十里，至八十里止，是不出男能力之限度也。常德为湖南第二大城市（长沙第一），目下因驻兵及难民关系，人口陡增，尤见热闹。同人寓县立中学，校长杨锜如君系男在青岛时同事，故到此颇蒙款待。艺专现设沅陵，到时又可找太侔兄矣。乡间想仍能安堵，惟家中老幼不知清吉否。离家愈远，系念愈切，人情盖皆如此也，敬颂

金安

男　多叩禀

二月廿六日寄自常德县中

步行渐成习惯，不觉难矣

致父母亲（一九三八年三月十二日）

双亲大人膝下：

出发后寄上明信片数张，计已入览。三月一日自桃源县舍舟步行，至今日凡六日，始达沅陵（旧辰州府）。第一至第三日各行六十里，第四日行八十五里，第五日行六十里，第六日行二十余里。第四日最疲乏，路途亦最远，故颇感辛苦，此后则渐成习惯，不觉其难矣。如此继续步行六日之经验，以男等体力，在平时实不堪想象，然而竟能完成，今而后乃知“事非经过不知易”矣。至途中饮食起居，尤多此生从来尝过之滋味，每日六时起床（实则无床可起），时天未甚亮，草草盥漱，即进早餐，在不能下咽之状况下必须吞干饭两碗，因在晚七时晚餐时间前，终日无饭吃，仅中途约正午前后打尖一次而已。所谓打尖者，行军者在中途作大休息，用干粮、饮水是也。至投宿经验，尤为别致，六日来惟今日至沅陵有旅馆可住，前五日皆在农舍地上铺稻草过宿，往往与鸡鸭犬豖同堂而卧。在沅陵或可休息三日，从此更西往芷江或有汽车可坐，然亦无十分把握。（以上六日所写，以下十二日补完）近因天雪汽车难行，留沅将及一周，现雪已解，定明日乘汽车至晃县，当日可到，过此则恐全须步行矣。家中老幼

近皆安吉否，深以为念。到贵阳后当再有信归。肃此敬颂

万福

男 多叩

三月十二日

保险公司通知事宜

致闻家骢（一九三八年三月下旬）

三哥大鉴：

计期保险公司通知应已寄到，本届或当交一百二十余元，请从弟存款中按通知中所开数目代为汇去。如弟前寄归之款已带回家，则请设法挪垫，由弟妇拨还。如大陆存款已寄来，即由大陆款中拨寄更为省事矣。途中情形详另函，此不赘。敬候

安好

弟 多上

贵阳遇熟人甚多

致父母亲（一九三八年四月二日）览

双亲大人膝下：

沅陵奉上一禀，想已达览。十七日自晃县出发，步行三十日抵贵阳。贵州境内遍地皆山，故此半月中较为劳苦，加之天时多雨，地方贫瘠，旅行益形困难。本地谚云“天无三日晴，地无三尺平，人无三两银”，盖得其实矣。贵阳遇熟人甚多，清华方面自前校长周寄梅先生以下逮旧同学不下数十人，同班中有吴泽霖，聂鸿逵二兄，聂系本地人，吴任大夏大学文法学院长，随校迁此。据近悉昆明校舍不敷，文法二院决设蒙自。以意揣之，昆明新房屋造成后文法二院恐仍当迁回，蒙自距昆明铁道一日路程，地近安南。此行本如投荒，今则愈投愈远矣。近日前方捷报频传，殊堪欣慰，然武汉敌机轰炸亦因此益亟。二哥不知已迁动否？乡间谅安谧如常，但不知家中老幼清吉否？鹤雕二儿读书有进益否？通信仍暂寄昆明临时大学。如欲速达，可用航空邮递。余容续禀。敬颂

万福

男　多叩头

四月二日自贵阳

能诵四书将来可终身受用

致父母亲（一九三八年五月五日）

双亲大人膝下：

鹤雕两儿来函云现方从大人读书，甚感兴趣，雕儿写信较前尤有进步，殊可喜也。男意目前既不能学算术，则专心致力中文，亦是一策。惟欲求中文打下切实根底，则非读旧书不可。在平时同事中如孔云卿刘寿民二君皆令其少君读四书，殊有见地。男意鹤雕亦当仿效。曾见坊间有白话注解本，可购来参考，以助彼等之了解。纵使书中义理不能真实领会，但能背诵经文，将来亦可终身受用不已。驷弟方致力国学，经史理宜并治，倘能同时读四书，遇有新解时，亦不妨对两儿随时加以指示，如此两儿受益，诚不待言，对驷弟或亦可增加读经之兴趣也。校中情形，详另函及五月二日云南日报。敬颂

万苐

男 多叩禀

五月五日

家中琐事，都可写信告我

致闻立鹤、闻立雕（一九三八年五月）

鹤、雕两儿阅悉：

今天上课回来，看见桌上一封家信，已经喜欢得很。拆开一看，文字比从前更通顺，字迹也整齐，我更高兴。再加上信中带来消息，说北平的书寄来了一部分，尤其令我喜出望外。今天非多吃一碗饭不可！你们的信稿究竟有人改过没有？象这样进步下去，如何是好！你们真应感谢祖父，应当加意服侍祖父和祖母。你们年纪一天大一天，应该能够服侍。写信可以代替作文，以后要每星期来一次信。如果太忙，可以由你们二人和你母亲轮流写。信中少说空话，多报消息。家中或乡间任何琐事，都是写信的资料。这样写法，我每次接到你们一封信，不就等于回家一次吗？上次写信给祖父，请教你们读四书，不知已实行否。在这未上学校的期间，务必把中文底子打好。我自己教中文，我希望我的儿子在中文上总要比一般强一点。三月薪金已发，但蒙自尚未领到。因为此地银行办事处尚未成立，一时也不能汇钱回来。你母亲手中余款总共还有多少，来信务须告我。小弟、大妹、小妹做些什么，说些什么，也告诉我，我很想念他们。天气渐热，怕生病，一切要小心。每次来信应书明阳历日期。

父字

不久即可重见天日也

致闻家驷（一九三八年五月七日）

驷弟：

蒋梦麟近来蒙自小住，公超已将聘弟事详细谈过，现决由联大聘请，将来三校分开时再由北大续聘，资格为教授或副教授尚未定，月薪大约三百四十元。梦麟一星期内回昆明。即将向常务委员会提出，请求通过。此事今番应无问题，俟议案正式通过后，再行函告。一嫂来函称家中迁松滋，此举极是，尤应速行。兄意弟与一嫂等将来即由彼处转道来滇。十哥在重庆，可先托打听汽车到贵阳办法。到贵阳后，兄有同班聂君安陶在彼住家，可以照顾，如有需要，兄亦可来贵阳一次，好在此路兄甚熟也。文鉴、立珠可约其同来，姐姐则宜往松滋。五哥现在何处，亦可分一部分暂住彼处。请劝两老勿忧虑，只到安全地带，生活不足虑，弟事若成，由我二人接济，绰有余裕。对杭战兄向抱乐观，暂时忍此痛苦，不久即可重见天日也。顺问

近好

兄 多

五月七日

驷弟事已大有眉目

致闻家骥、闻家骢（一九三八年五月七日）

展、藜两哥大鉴：

前因时局变化，家中人口众多，急宜疏散，适鉴甥来函询来滇办法，故函嘱弟妇随鉴甥来滇。昨接家信知有全家迁松滋之议，并云先行上省，此举极是，不知现已到省否？驷弟事已大有眉目，蒋梦麟近来蒙小住，公超已将聘驷弟事与彼详细谈过，现决定由联大聘请，俟三校分开后，北大再续聘，资格教授或副教授待定，月薪大约三百四十元。俟梦麟回昆明提出常务委员会通过，即发聘书。弟意如驷弟事成，我家到松滋后，弟与驷弟两房可由松滋转道重庆、贵阳来滨。重庆至贵阳、贵阳至昆明均有公路，姐姐宜往松滋，文鉴、立珠则可来滇。但到松滋后可小住休息，候八月暑假期届，再行前进。因届时如有需要，弟可来贵阳迎接也。如此弟等两房分出后，则家中人口较少，可减少拥挤也。至生活问题，弟与驷弟一日发薪，即当量力接济一日，不必发愁，望禀明双亲放心。一般观察对抗战前途乐观，故暂时忍此痛苦，不久即可重见天日。弟已另函家中，深恐业已来省，故重述梗概，前周由金城用航信寄归三百元，不知收到否？一切情形，望随示知，以便取得联络。

至祷至祷。顺候

安佳

弟 多上

五月七日

北平寄回之书望早寄来。

来信望用航空，平信需时过久。

时局变化不测

致父母亲（一九三八年五月二十七日）

双亲大人膝下：

时局变化不测，家中殊可顾虑，就人力所能设法者，惟有尽量减少家中人口，庶以后行动较为灵活。关于接眷来滇种种，具见另函，此不赘述。顷公超来谈，校中下年须聘日、俄、法文教员各一人，法文以驷弟为最适宜。杨今甫主张找梁宗岱回来，宗岱南开归人，南开处处减省、似不欲积极请其回校（因教授薪金由原校付）、以增加担负。而蒋梦麟则对宗岱甚不满梁与胡适之感情甚恶，梅贻琦无所谓，故就常委意见分析之，驷弟颇有望也。此公超所言，然公超办事热心有余而毅力不足，尚须看最后决定如何也。鉴甥复学自属正当，恕侄近况如何，颇以为念，前既未随校前来，今虽欲来，恐路费不易解决也。校中下年拟招新生五百人，一切进行均甚积极。后方空气宁静，故得如此耳。肃此・敬颂

万福

男 多叩禀

二十七日

感恩戴德，没齿不忘

致父亲（一九三八年六月十三日）

父亲大人膝下：

今接三哥来函，称迁松滋事已作罢，母亲允先往沙洋，而大人则坚不愿离家。男闻讯甚为忧虑，若全家皆走，而大人一人在家，纵托安全，男等心中亦无宁息矣，仍望再作考虑，改变前意，以免男等罪戾。关于驷弟事，日来颇费心思。今公超提出北大巨头会议，由北大聘请，盖必如此，则趁蒋梦麟在此，事可速决也，无奈公超虽提出，而北大目前仍无此经费，故未通过。第二步计划，只有提出联大常委会由联大聘请。公超已允约芝生连名提出，此层自不难办到。但其中亦有一大障碍，杨金甫力主请梁宗岱回校，南开已应允。据公超云梁不愿教语言，且不一定教法国文学。如此则法文方面仍须添人，但男深恐学校当局为经济计，或将勒令梁教语言及法国文学，或且以此为回校条件，亦未可知，如此则添新人即无十分必要矣。公超之口惠而实不至已非一次，故不敢信任其推断也。关于此事男以弟兄关系，不便亲向他人启齿，只有推动公超，而公超适亦为负责人，若公超而无能为力，则亦恐无他途径可走矣。目下蒋梦麟仍在蒙自，三四日后始回昆明，开常委会更不知在何时，男甚望此事可早定，俾驷弟亦可早日决定其行止，因之鹤儿等亦可随同来滇。但事实恐不能如人所欲，奈何！奈何！鹤等前次未随男来滇，致今日为一大系累，使大人分心，男自认无识，死罪、死罪。然事已至此，无可如何，万一彼等无人护送，全家复决定迁移，仍祈在可能范围内附属任何部分，暂避至一较安全地带，一俟男功课结束，即当归来接至云南，决不至久为系累也。男本不敢存此非望，故在另函中未提及此层，然倘蒙大人主张，并诸兄弟念及半世骨肉之情，使男全家免于离散或死亡，则感恩戴德，没齿不忘矣。掬泪陈词，倘有语涉质直，然决无丝毫意气存其间，诸兄弟见此，幸勿误会也。肃此敬颂

金安

男 多叩首

六月十三夜

请通知弟妇速上省来

致闻家騄（一九三八年六月十五日）

三哥大鉴：

手示敬悉，游国恩兄（字泽承）拟携眷迁黔（有本家在贵阳经商），现已返江西故里，大约不久即由赣直至长沙，候车西行，弟已函请电示行期及长沙住址，俾便同行。务请通知弟妇速上省来，候游电来，即赴长沙相会。然我家仍需有人护送。前函家中请训侄来滇，如办不到，即请高孝慈送至贵阳打转，弟则亲至贵阳迎接也，另由金城汇来三百元，想即可收到。驷（弟）事不能速决，已有详函寄家中说明此中底细，然彼函观察或过于消极，今早公超又来谈，下年法文班甚多，纵令梁宗岱来仍教法文，亦不妨也。关于班次数目，彼以主任地位，自有把握，故所言或非虚也。游君住址列下，俾于必要时可通函电“江西临川流坊墟义昌祥转”，匆候

近好

弟 多上言

十五

享自由为权利，则争自由为义务

致闻亦博（一九四四年九月二十五日）

普天弟青及：

前接来函，适因事冗，继以家人卧病，致久稽裁复，罪甚罪甚。月前渝昆两处所传一节，经各方辩明以后，真相业已大白，想早蒙释念矣。今日之事，百孔千疮，似若头绪纷繁，而夷考其实，则一言可以尽之，无真正民主政治是也。惟纵观各国之享有民主者，莫不由其人民努力争来，今日我辈之无思想言论自由，正以我辈能思想能言论者，甘心放弃其权利耳。且真正民主之基础，即在似若无足轻重之每一公民。由每一公民点点滴滴获得之自由，方为真正自由。故享自由若为我辈之权利，则争自由即为我辈之义务。明乎权利义务之不可须臾离，则居今之世，我辈其知所以自处矣。读来函乃知吾弟亦一有心人，既喜吾道不孤，愿即以上述之义务观念时时共勉之。平生赋性懒散，渝中兄弟亲友处，欠缺音候，然朝夕之暇，步檐伫望，系念实殷，非真淡忘也。此间兄与驷哥两家大小粗托平安，鹤、雕、鹏三儿及名女现均在中学，幼女亦已入小学。兄食口较众，前二三年，书籍衣物变卖殆尽，生活殊窘，年来开始兼课，益以治印所得，差可糊口，然著述研究，则几完全停

顿矣。潜此敬复顺问

安好

兄 一多 启
九月廿五日

有哥以下暨诸亲友处乞遍为致意

纪念鲁迅祭日

致闻家驷（一九四五年十月十九日）

驷弟：

本日为鲁迅忌辰，同人发起赴陈家花园一聚，藉资纪念，如得暇盼饭后即来兄处一齐出发。

兄 多

十，十九

不会放弃早来的机会

致闻立雕、闻立鹏（一九四六年六月二十九日）

雕、鹏：

鹏的信和许先生的信同时收到，知道你们有机会早飞北平。这机会千万不要失掉。如果无内战，以后飞机当然比较容易找，我们便尽早飞北平。如果有内战，我们恐怕短期无法飞来，那么你们孤独的留在重庆，便不是办法。相反的，你们到平后，住在叔叔家，我们倒也可以放心。钱如不够，可向许先生暂借。到平时，可照通讯处去找叔叔，这不是太麻烦的事，相信你们能照顾自己。如许先生同行，那便更好，他是会照顾你们的。

大妹小妹都天天吵着要早来，其实我也有愿意早来的心事。你们放心，我是不会放弃早来的机会的。家中都好，妈的身体这几天来也比较健康。我这几天特别忙，一半也是要把应办的事早些办完，以便早些动身。

小弟的皮鞋买了没有？如未买，应早买，因为北平更贵。

父字

六月廿九晚

第三章

命运织就了我们的婚姻之锦

闻一多深受中国古典诗词的熏染，他用含蓄凝练的古典笔调，大胆而直率地抒发自己热烈的爱。他的诗歌中既有炽热浓烈、激情澎湃的爱国诗，也有热情如火的情诗。

闻一多在清华求学时，勤于学业，严于律己，虽然在心底里渴求自由恋爱，但是又受传统礼教影响颇深，理性上压抑克制着自己的情感。也正是这种克制和压抑，使得诗人要找到一个出口宣泄自己的情感，在《幻中之邂逅》中，当“太阳落了山，责任闭了眼”，诗人的情感之流便开始涓涓流淌。青春期对爱情隐蔽而甜蜜的憧憬在诗中得到了完美展现。

先结婚后恋爱的闻一多，到了大洋彼岸的美国，通过鸿雁传书与妻子萌生了爱情。恋爱的火苗已经燃起，“相思着了火”，对妻子的思念之情炽烈无比。然而远隔重洋不能相见，只有用颗颗“红豆”寄托相思。《红豆》是诗人献给妻子高孝贞的一组爱情诗，表达了异地的相思，为爱情所折磨的愁苦，闻一多热烈地表达真爱，无所忌讳地抒发真情。

闻一多既在诗中指出两人的结合完全是按封建礼教的要求，没有自由，没有选择的权利——“我们弱者是鱼肉，供在礼教底龛前”，两个人都是这桩婚姻的“牺牲品”，又真挚地表达了对妻子的思念，“爱人啊！将我作经线，你作纬线，命运织就了我们的婚姻之锦”，即便婚姻始于父母之命媒妁之言，但或许这就命运的安排，是冥冥之中注定的感情。在诗人的笔下，相思是匍匐在人身边撩得人整夜不睡的月光，是出其不意咬人一口留下奇痒的蚊子……

人生就好似一盘棋局，在博弈的过程中，谁都希望自己是获胜的那个，而作者却心甘情愿将自己输得干干净净，把一切都交给自己的爱人。在中国传统社会里，男尊女卑的思想根深蒂固，女人不要说成为人生棋局上的赢家，甚至连成为男人对手的资格都没有，她们更像是一枚任人摆布的棋子。虽然闻一多与高孝贞的婚姻是遵从父母之命的包办婚姻，但他非常尊重自己的妻子并以平等真诚的态度来对待妻子。并努力在婚后培植两人间的感情，闻一多宁可自己是棋场输家，“将我的灵和肉，输得干干净净！”也要把这胜利者的荣誉献给自己的爱人！

对爱人一片赤诚的闻一多也有情感波动的时候，《奇迹》是将近三年没有写诗的闻一多，在《诗刊》创刊号上发表的一首长诗。至于诗人为什么会时隔三年，一名惊人地创造出“奇迹”，梁实秋在《谈闻一多》中说：“实际是一多在这个时候自己感情上吹起了一点涟漪，情形并不太严重，因为在情感刚刚生出一个的时候，就把它掐死了。但是在内心里当然有一番折腾，写出诗来仍然是那样的回肠荡气。”无论闻一多感情上的“一点涟漪”是因谁而起，又或许真有这“涟漪”也未可考，但他最终的选择还是忠于自己的妻子与家庭，或许你比她更好，但是对不起，她比你更早出现在我的生命里。

用责任与真诚守护着自己与高孝贞的爱。

闻一多的一生都与爱相关，他爱自己的妻子，真诚而坚定，将自己的灵和肉毫无保留地献给妻子。他爱自己的祖国，深沉而执着，无论美国如何发达，祖国如何贫瘠落后，可诗人依然只想回到她的怀抱，甚至不惜为她付出生命。闻一多生命便如红烛般炽热而光亮。

红烛

"蜡炬成灰泪始干"

——李商隐

红烛啊!
这样红的烛!
诗人啊!
吐出你的心来比比,
可是一般颜色?

红烛啊!
是谁制的蜡——给你躯体?
是谁点的火——点着灵魂?
为何更须烧蜡成灰,
然后才放光出?
一误再误;
矛盾!冲突!

红烛啊！
不误，不误！
原是要“烧”出你的光来——
这正是自然底方法。

红烛啊！
既制了，便烧着！
烧罢！烧罢！
烧破世人底梦，
烧沸世人底血——
也救出他们的灵魂，
也捣破他们的监狱！

红烛啊！
你心火发光之期，
正是泪流开始之日。

红烛啊！
匠人造了你，
原是为烧的。
既已烧着，
又何苦伤心流泪？
哦！我知道了！
是残风来侵你的光芒，

你烧得不稳时，
才着急得流泪！

红烛啊！
流罢！你怎能不流呢？
请将你的脂膏，
不息地流向人间，
培出慰藉底花儿，
结成快乐的果子！

红烛啊！
你流一滴泪，灰一分心。
灰心流泪你的果，
创造光明你的因。

红烛啊！
“莫问收获，但问耕耘。”

幻中之邂逅

太阳落了，责任闭了眼睛，
屋里朦胧的黑暗凄酸的寂静，
钩动了一种若有若无的感情，
——快乐和悲哀之间底黄昏。

仿佛一簇白云，濛濛漠漠，
拥着一只素氅朱冠的仙鹤——
在方才淌进的月光里浸着，
那娉婷的模样就是他么？

我们都还没吐出一丝儿声响，
我刚才无心地碰着他的衣裳，
许多的秘密，便同奔川一样，
从这摩触中不歇地冲洄来往。

忽地里我想要问他到底是谁，
抬起头来……月在那里？人在那里？
从此狰狞的黑暗，咆哮的静寂，
便扰得我辗转空床，通夜无睡。

爱之神——题画

啊！这么俊的一副眼睛——
两潭渊默的清波！
可怜孱弱的游泳者哟！
我告诉你回头就是岸了！

啊！那潭岸上的一带榛薮，
好分明的黛眉啊！
那鼻子，金字塔式的小邱，
恐怕就是情人底茔墓罢？

那里，不是两扇朱扉吗？
红得象樱桃一样，
扉内还露着编贝底屏风。
这里又不知安了什么陷阱！

啊！莫非是绮甸之乐园？
还是美底家宅，爱底祭坛？
呸！不是，都不是哦！
是死魔盘据着的一座迷宫！

深夜底泪

生波停了掀簸；
深夜啊！——
沉默的寒潭！
澈虚的古镜！

行人啊！
回转头来，
照照你的容颜罢！
啊！这般憔悴……

轻柔的泪，
温热的泪，
洗得净这仆仆的征尘？
无端地一滴滴流到唇边，
想是要你尝尝他的滋味；
这便是生活底滋味！

枕儿啊！
紧紧地贴着！
请你也尝尝他的滋味。
唉！若不是你，
这腐烂的骷髅，
往那里靠啊！

更鼓啊！
一声声这般急切；
便是生活底战鼓罢？
唉！擂断了心弦，
搅乱了生波……

战也是死，
逃也是死，
降了我不甘心。
生活啊！
你可有个究竟？

啊！宇宙底生命之酒，
都将酌进上帝底金樽。
不幸的浮沤！
怎地偏酌漏了你呢？

花儿开过了

花儿开过了，果子结实了；
一春底香雨被一夏底骄阳炙干了，
一夏底荣华被一秋底馋风扫尽了。
如今败叶枯枝，便是你的余剩了。

天寒风紧，冻哑了我的心琴；
我惯唱的颂歌如今竟唱不成。
但是，且莫伤心，我的爱，
琴弦虽不鸣了，音乐依然在。

只要灵魂不灭，记忆不死，纵使
你的荣华永逝（这原是没有的事），
我敢说那已消的春梦底余痕，
还永远是你我的生命底生命！

况且永继的荣华，顿刻的凋落——
两两相形，又算得了些什么？

今冬底假眠，也不过是明春底
更烈的生命所必需的休息。

所以不怕花残，果烂，叶败，枝空，
那缜密的爱底根网总没一刻放松；
他总是绊着，抓着，咬着我的心，
他要抽尽我的生命供给你的生命！

爱啊！上帝不曾因青春底暂退，
就要将这个世界一齐捣毁，
我也不曾因你的花儿暂谢，
就敢失望，想另种一朵来代他！

《红豆》组诗（42 首）

“此物最相思”

——王维

一

红豆似的相思啊！
一粒粒的
坠进生命底磁坛里了……
听他跳激底音声，
这般凄楚！
这般清切！

二

相思着了火，
有泪雨洒着，
还烧得好一点；
最难禁的，
是突如其来，

赶不及哭的干相思。

三

意识在时间底路上旅行：
每逢插起一杆红旗之处，
那便是——
相思设下的关卡，
挡住行人，
勒索路捐的。

四

袅袅的篆烟啊！
是古丽的文章，
淡写相思底诗句。

五

比方有一屑月光，
偷来匍匐在你枕上，
刺着你的倦眼，
撩得你镇夜不着，
你讨厌他不？
那么这样便是相思了！

六

相思是不作声的蚊子，
偷偷地咬了一口，
陡然痛了一下，
以后便是一阵底奇痒。

七

我的心是个没设防的空城，
半夜里忽被相思袭击了，
我的心旌
只是一片倒降；
我只盼望——
他恣情屠烧一回就去了；
谁知他竟永远占据着，
建设起宫墙来了呢？

八

有两样东西，
我总想撇开，
却又总舍不得：
我的生命，
同为了爱人儿的相思。

九

爱人啊！

将我作经线，

你作纬线，

命运织就了我们的婚姻之锦；

但是一帧回文锦哦！

横看是相思，

直看是相思，

顺看是相思，

倒看是相思，

斜看正看都是相思，

怎样看也看不出团圞二字。

一〇

我俩是一体了！

我们的结合，

至少也和地球一般圆满。

但你是东半球，

我是西半球，

我们又自己放着眼泪，

做成了这苍莽的太平洋，

隔断了我们自己。

一一

相思枕上的长夜，
怎样的厌厌难尽啊！
但这才是岁岁年年中之一夜，
大海里的一个波涛。
爱人啊！
叫我又怎样泅过这时间之海？

十二

我们有一天
相见接吻时，
若是我没小心，
掉出一滴苦泪，
渍痛了你的粉颊，
你可不要惊讶！
那里有多少年底
生了锈的情热底成分啊！

十三

我到底是个男子！
我们将来见面时，
我能对你哭完了，
马上又对你笑。
你却不必如此；

你可以仰面望着我，
象一朵湿蔷薇，
在雾后的斜阳里，
慢慢儿晒干你的眼泪。

十四

我把这些诗寄给你了，
这些字你若不全认识，
那也不要紧。
你可以用手指
轻轻摩着他们，
象医生按着病人的脉，
你许可以试出
他们紧张地跳着，
同你心跳底节奏一般。

十五

古怪的爱人儿啊！
我梦时看见的你
是背面的。

十六

在雪黯风骄的严冬里，
忽然出了一颗红日；

在心灰意冷的情绪里，
忽然起了一阵相思——
这都是我没料定的。

十七

讨诗债的债主
果然回来了！
我先不妨
倾了我的家赀还着。
到底实在还不清了，
再剜出我的心头肉，
同心一起付给他罢。

十八

我昼夜唱着相思底歌儿。
他们说我唱得形容憔悴了，
我将浪费了我的生命。
相思啊！
我颂了你吗？
我是吐尽明丝的蚕儿，
死是我的休息；
我诅了你吗？
我是吐出毒剑底蜂儿，
死是我的刑罚。

十九

我是只惊弓的断雁，
我的嘴要叫着你，
又要衔着芦苇，
保障着我的生命。
我真狼狈哟！

二〇

扑不灭的相思，
莫非是生命之原上底野烧？
株株小草底绿意，
都要被他烧焦了啊！

二一

深夜若是一口池塘，
这飘在他的黛漪上的
淡白的小菱花儿，
便是相思底花儿了，
哦！他结成青的，血青的，
有尖角的果子了！

二二

我们的春又回来了，
我搜尽我的诗句，

忙写着红纸的宜春帖。
我也不妨就便写张
“百无禁忌。”
从此我若失错触了忌讳，
我们都不必介意罢！

二三

我们是两片浮萍：
从我们聚散的速率，
同距离底远度，
可以看出风儿底缓急，
浪儿底大小。

二四

我们是鞭丝抽拢的伙伴，
我们是鞭丝抽散的离侣。
万能的鞭丝啊！
叫我们赞颂吗？
还是诅咒呢？

二五

我们弱者是鱼肉；
我们曾被求福者
重看了盛在笾豆里，

供在礼教底龛前。
我们多么荣耀啊！

二六

你明白了吗？
我们是照着客们吃喜酒的
一对红蜡烛；
我们站在桌子底
两斜对角上，
悄悄地烧着我们的生命，
给他们凑热闹。
他们吃完了，
我们的生命也烧尽了。

二七

若是我的话
讲得太多，
讲到末尾，
便胡讲一阵了，
请你只当我灶上的烟囱。
口里虽蓊蓊地吐着黑灰，
心里依旧是红热的。

二八

这算他圆满底三绝罢！——
莲子，
泪珠儿，
我们的婚姻。

二九

这一滴红泪：
不是别后的清愁，
却是聚前的炎痛。

三〇

他们削破了我的皮肉，
冒着险将伊的枝儿
强蛮地插在我的茎上。
如今我虽带着瘿肿的疤痕，
却开出从来没有开过的花儿了。
他们是怎样狠心的聪明啊！
但每回我瞟出看花的人们
上下抛着眼珠儿，
打量着我的茎儿时，
我的脸上就红了！

三一

哦，脑子啊！
刻着虫书鸟篆的
一块妖魔的石头，
是我的佩刀底砺石，
也是我爱河里的礁石，
爱人儿啊！
这又是我俩之间的界石！

三二

幽冷的星儿啊！
这般零乱的一团！
爱人儿啊！
我们的命运，
都摆布在这里了！

三三

冬天底长夜，
好不容易等到天明了，
还是一块冷冰冰的，
铅灰色的天宇，
那里看得见太阳呢？
爱人啊！哭罢！哭罢！
这便是我们的将来哟！

三四

我是狂怒的海神，
你是被我捕着的一叶轻舟。
我的情潮一起一落之间，
我笑着看你颠簸；
我的千百个涛头
用白晃晃的锯齿咬你，
把你咬碎了，
便和樯带舵，吞了下去。

三五

夜鹰号咷地叫着；
北风拍着门环，
撕着窗纸，
撞着墙壁，
掀着屋瓦，
非闯进来不可。
红烛只不息地淌着血泪，
凝成大堆赤色的石钟乳，
爱人啊！你在那里？
快来剪去那乌云似的烛花，
快窝着你的素手
遮护着这抖颤的烛焰！
爱人啊！你在那里？

三六

当我告诉你们：

我曾在玉箫牙板，

一派悠扬的细乐里，

亲手掀起了伊的红盖帕；

我曾著着银烛，

一壁撷着伊的凤钗，

一壁在伊耳边问道：

“认得我吗？”

朋友们啊！

当你们听我讲这些故事时，

我又在你们的笑容里，

认出了你们私心的艳羡。

三七

这比我的新人，

谁个温柔？

从炉面镂空的双喜字间，

吐出了一线蜿蜒的香篆。

三八

你午睡醒来，

脸上印着红凹的簟纹，

怕是练子锁着的，

梦魂儿罢？
我吻着你的香腮，
便吻着你的梦儿了。

三九

我若替伊画像，
我不许一点人工产物
污秽了伊的玉体。
我并不是用画家底肉眼，
在一套曲线里看伊的美；
但我要描出我常梦着的伊——
一个通灵澈洁的裸体的天使！
所以为免除误会起见，
我还要叫伊这两肩上
生出一双翅膀来。
若有人还不明白，
便把伊错认作一只彩凤，
那倒没什么不可。

四〇

假如黄昏时分，
忽来了一阵雷电交加的风暴，
不须怕得呀，爱人！
我将紧拉着你的手，

到窗口并肩坐下；
我们一句话也不要讲，
我们只凝视着
我们自己的爱力
在天边碰着，
碰出金箭似的光芒，
炫瞎我们自己的眼睛。

四一

有酸的，有甜的，有苦的，有辣的。
豆子都是红色的，
味道却不同了。
辣的先让礼教尝尝！
苦的我们分着囫囵地吞下。
酸的酸得象梅子一般，
不妨细嚼着止止我们的渴。
甜的呢！
啊！甜的红豆都分送给邻家作种子罢！

四二

我唱过了各样的歌儿，
单单忘记了你。
但我的歌儿该当越唱越新，越美。
这些最后唱的最美的歌儿，

一字一颗明珠，

一字一颗热泪，

我的皇后啊！

这些算了我赎罪底菲仪，

这些我跪着捧献给你。

国手

爱人啊！你是个国手
我们来下一盘棋；
我的目的不是要赢你，
但只求输给你——
将我的灵和肉
输得干干净净！

香篆

辗转在眼帘前，
萦回在鼻观里，
锤旋在心窝头——

心爱的人儿啊！
这样清幽的香，
只堪供祝神圣的你：

我祝你黛发长青！
又祝你朱颜长姣！
同我们的爱万寿无疆！

相遇已成过去

欢悦的双睛，激动的心；
相遇已成过去，到了分手的时候，
温婉的微笑将变成苦笑，
不如在爱刚抽芽时就掐死苗头。

命运是一把无规律的梭子，
趁悲伤还未成章，改变还未晚，
让我们永为素丝的经纬线；
永远皎洁，不受俗爱的污染。

分手吧，我们的相逢已成过去，
任心灵忍受多大的饥渴和懊悔。
你友情的微笑对我已属梦想的非分，
更不敢企求叫你深情的微喟。

将来有一天也许我们重逢，
你的风姿更丰盈，而我则依然憔悴。

我的毫无愧色的爽快陈说，
“我们的缘很短，但也有过一回。”

我们一度相逢，来自西东，
我全身的血液，精神，如潮汹涌，
“但只那一度相逢，旋即分道。”
留下我的心永在长夜里怔忡。

奇迹

我要的本不是火齐的红，或半夜里
桃花潭水的黑，也不是琵琶的幽怨，
蔷薇的香；我不曾真心爱过文豹的矜严，
我要的婉娈也不是任何白鸽所有的。

我要的本不是这些，而是这些的结晶，
比这一切更神奇得万倍的一个奇迹！
可是，这灵魂是真饿得慌，我又不能
让他缺着供养，那么，既便是糟糠，
你也得募化不是？天知道，我不是
甘心如此，我并非倔强，亦不是愚蠢，
我是等你不及，等不及奇迹的来临！

我不敢让灵魂缺着供养，谁不知道
一树蝉鸣，一壶浊酒，算得了什么？
纵提到烟峦，曙壑，或更璀璨的星空，
也只是平凡，最无所谓的平凡，犯得着

惊喜得没主意，喊着最动人的名儿，
恨不得黄金铸字，给妆在一只歌里？
我也说但为一阕莺歌便噙不住眼泪，
那未免太支离，太玄了，简直不值当。
谁晓得，我可不能不那样：这心是真
饿得慌，我不能不节省点，把藜藿权当作膏粱。

可也不妨明说，只要你——
只要奇迹露一面，我马上就抛弃平凡。
我再不瞅着一张霜叶梦想春花的艳，
再不浪费这灵魂的膂力，剥开顽石
来诛求碧玉的温润；给我一个奇迹，
我也不再去鞭挞着“丑”，逼他要
那分背面的意义；实在我早厌恶了
那勾当，那附会也委实是太费解了。

我只要一个明白的字，舍利子似的闪着
宝光；我要的是整个的，正面的美。
我并非倔强，亦不是愚蠢，我不会看见
团扇，悟不起扇后那天仙似的人面。

那么
我便等着，不管得等到多少轮回以后——
既然当初许下心愿，也不知道是在多少

轮回以前——我等，我不抱怨，只静候着
一个奇迹的来临。

总不能没有那一天，
让雷来劈我，火山来烧，全地狱翻起来
扑我，……害怕吗？你放心，反正罡风吹不熄灵
魂的灯，情愿这蜕壳化成灰烬，
不碍事：因为那——那便是我的一刹那
一刹那的永恒——

一阵异香，最神秘的
肃静，（日，月，一切星球的旋动早被
喝住，时间也止步了，）最浑圆的和平……
我听见阊阖的户枢砉然一响，紫霄上
传来一片衣裙的窸窣——那便是奇迹——
半启的金扉中，一个戴着圆光的你！

更多精彩关注达理知书

上架建议：文学经典

ISBN 978-7-5682-6009-1

9 787568 260091 >

定价：39.80元